氷魔傳說
빙마전설

빙마전설 1

요도 김남재 新무협 판타지 소설

초판 1쇄 찍은 날 § 2006년 12월 19일
초판 1쇄 펴낸 날 § 2006년 12월 29일

지은이 § 요도 김남재
펴낸이 § 서경석

편집장 § 문혜영
편집책임 § 서지현
편집 § 심재영

펴낸곳 § 도서출판 청어람
등록번호 § 제1081-1-89호
등록일자 § 1999. 5. 31
어람번호 § 제2-1084호

주소 § 경기도 부천시 원미구 심곡1동 350-1 남성B/D 3F (우) 420-011
전화 § 032-656-4452 팩스 § 032-656-4453
http://www.chungeoram.com
E-mail § eoram99@chollian.net

ⓒ 요도 김남재, 2006

ISBN 89-251-0462-8 04810
ISBN 89-251-0461-X (세트)

※ 파본은 구입하신 서점에서 교환하여 드립니다.
※ 저자와 협의하여 인지를 붙이지 않습니다.

氷魔傳說

빙마전설

요도 김남재 **新무협 판타지 소설**

Fatastic Oriental Heroes

1

출판
청어람

목차

작가의 말		6
序		7
제1장	북해소궁주（北海小宮主）	11
제2장	북해동（北海洞）	37
제3장	불청객（不請客）	69
제4장	설족（雪族）	117
제5장	회합（會合）	139
제6장	사도혜（思燾慧）	177
제7장	북해（北海）	209
제8장	격보（擊步） 운보（雲步）	247
제9장	수라군림（修羅君臨）	271
제10장	회자정리（會者定離）	307

작가의 말

어쩌다 보니 또 전설이라는 타이틀을 들고 나왔습니다.
빙마전설이라는 제목을 가볍게 풀이해 보자면 얼음 악마
의 전설 정도로 보시면 되겠군요.
다른 문파와 달리 알려지지 않은 북해빙궁에 대해 나름대
로 '재정립 해보자' 라는 취지로 글을 시작했습니다. 제법
머리를 쓴다고 써봤지만 그것이 어느 정도 성과를 거두었
을지 나름대로 걱정 반, 기대 반인 상태입니다.
멋진 사나이가 나오는 무협. 빙마전설은 그러한 무협으로
독자 분들에게 남았으면 좋겠습니다.
팔 년이라는 시간 동안 꾸준히 제 글을 사랑해 주시는 독자
분들, 그리고 사신과 팬카페 분들께 언제나 거듭 감사하다
는 말만 남기며 이만 접을까 합니다.
백 마디의 말보다는 한 줄의 문장으로 저를 표현해 볼까 합
니다. 그것이 글을 쓰는 사람이니까요.

—신년(新年)이 오기 이른 겨울
사탕을 빨면서 요도(妖刀)가

序

빙마몽환검(氷魔夢幻劍).

북해빙궁의 신물이 사라졌다.

빙마몽환검을 찾기 위해 북해빙궁주인 설군표(雪君飄)가 남몰래 움직였다.

신물인 빙마몽환검은 지독한 음기를 지닌 검이다.

북해빙궁을 나선 지 정확하게 보름째.

빙마몽환검의 음기를 쫓던 설군표는 결국 그것이 있는 곳을 찾아왔다. 하지만 그는 눈앞에 펼쳐진 지옥을 보며 아무런 말도 하지 못했다.

마을에 있는 모든 것이 전부 얼어붙어 버린 거다.

사람도 건물도 온전한 건 없다.

굳은 채로 마을을 바라보던 설군표의 얼굴이 이내 경악으로 물들어 버렸다.

그토록 지독한 한기에 뒤덮인 마을에서 한 아이가 보인다.

누군가가 살아 있다는 건 불가능하다. 이러한 한기에서 며칠을 버틴다는 것은 믿을 수 없다.

그런데 그 아이가 걸어온다. 한 걸음씩 다가오던 아이는 이젠 손을 뻗으면 만질 수 있을 정도로 가깝다.

이제 갓 예닐곱밖에 되어 보이지 않는 꼬마다.

그제야 설군표는 아이의 손에 무엇인가 들려 있다는 걸 알아차렸다.

빙마몽환검.

또 믿어지지 않는 일이 벌어졌다. 절대 뽑히지 않는다는 빙마몽환검이 아이의 손에서 그 모습을 드러내고 있다.

아이가 그를 올려다본다.

지독한 한기가 빙마몽환검에서 뿜어져 나온다. 절로 살이 얼어붙어 버릴 정도다.

아이의 몸 주변으로 눈보라가 휘몰아치기 시작한다. 설군표는 손을 들어올렸다.

'이놈은 살려둬선 안 될 놈이다!'

그의 손에 수강이 맺혔다. 단숨에 보낼 생각에 설군표가 손을 내려치려고 했을 때였다.

아이가 설군표를 바라보며 입을 열었다.
“너무… 더워요.”
…이놈은 위험하다.

第一章

북해소궁주(北海小宮主)

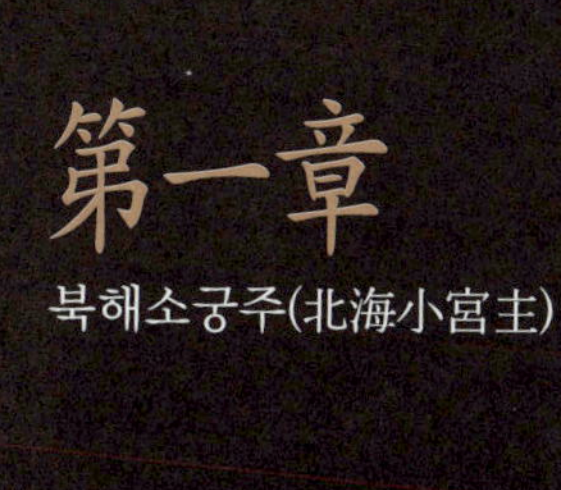

'십 보(十步)!'

숨을 죽였다.

공부득(空不得)의 눈에 젊은 사내 하나가 들어온다. 정확하게 십 보 앞에 서 있는 사내는 완전 무방비 상태다. 그리고 지금 그런 사내의 주변으로 다섯에 달하는 자들이 몸을 숨기고 있다.

공부득의 손가락 끝에 차가운 쇠의 감촉이 달라붙는다. 두근거리던 심장이 천천히 가라앉는다.

공부득의 품속에서 나온 것은 조그마한 비노나.

그는 행동을 하기 전에 다시금 사내를 살폈다.

사내라고는 믿어지지 않을 정도로 하얀 피부다. 그래서 일 년 내내 눈이 뒤덮여 있는 천산(天山)과 너무나도 잘 어울렸다.

하늘거리는 푸른색 옷도 그렇다.

흰색 눈 위에 서 있는 사내는 너무나 고결해 보이기까지 한다. 그런데 여인을 방불케 할 정도의 곱상한 외모를 지닌 그의 얼굴은 무표정하다.

냉기가 뚝뚝 떨어지는 얼굴로 사내가 눈을 감았다.

'지금!'

공부득은 직감적으로 몸을 움직였다. 그리고 동시에 주변에 있던 다른 네 명도 움직였다.

말을 하지 않았거늘 생각은 일치했다. 다섯 사내의 손에서 비도가 날아든다. 다섯 방향에서 날아드는 비도는 손쉽게 막아내기 어려워 보였다.

그때 가만히 서 있던 사내가 손을 들어올렸다.

파악!

감겨져 있던 눈이 떠짐과 동시에 사내의 손에서 믿어지지 않을 정도의 한기가 쏟아져 나왔다.

쩌저적!

놀라운 일이 벌어졌다.

날아들던 다섯 개의 비도가 허공에서 그대로 얼어버렸다. 언 비도가 힘을 잃고 땅에 떨어졌다.

사내가 손가락으로 한곳을 가리키면서 입을 열었다.

"후후! 아저씨, 지금 죽었습니다."

사내가 가리킨 곳에서 공부득이라는 자가 어슬렁거리며 기어나왔다. 그가 차가운 외모를 지닌 사내에게 고개를 숙였다.

"졌습니다, 소궁주님."

북해빙궁의 궁주인 설군표는 자신의 앞으로 날아온 서찰을 읽으며 믿을 수 없다는 듯이 중얼거렸다.

"허허, 벌써 빙백신장(氷白神掌)을……."

"무슨 일인가요?"

설군표의 아내이자 한때 북해제일미라고 불리던 매여령(梅麗玲)이 옆에서 물었다. 저녁 식사 시간에 갑자기 날아온 서찰 하나에 설군표가 웃는 듯하면서도 낭패스럽다는 표정을 지었기 때문이다.

"무린이가 빙백신장을 익혔다고 하는구려."

"벌써요?"

믿기 어렵다는 듯한 어투다. 매여령이 비록 빙궁의 무공을 익히지는 않았지만 그것들이 어떠한 것인지는 잘 안다.

반년, 고작 반년 만에 북해빙궁 최고의 장법이라는 빙백신장을 익혔다는 것이다. 그리고 설무린의 성격상 겨우 장력을 뿜어낼 정도였다면 익혔다고도 하지 않았을 게다.

실전에서 사용할 수 있을 정도로 완숙해졌을 때에야 그는 그것을 익혔다고 말한다. 그러한 경지를 고작 반년 만에 올랐다는 것은 분명 놀라운 일이다.

설군표의 눈이 살짝 웃으면서 이야기를 듣고만 있는 설수진(雪水瑨)에게로 향했다. 젊었을 적의 매여령을 쏙 빼닮은 설군표의 딸이다. 그는 웃고 있는 그녀에게 물었다.

"왜 그러느냐?"

"오라버니다워서요."

설수진은 아름다운 여인이다. 열여덟이라는 많지 않은 나이의 그녀이지만 마치 어머니를 연상케 하는 인자함을 지니고 있다. 현재 북해에서 제일 아름다운 여인이 누구냐고 묻는다면 열에 아홉은 설수진이라고 대답할 게다.

설군표는 그녀의 말에 웃음을 터뜨렸다.

"것도 그렇구나. 그놈이 쩔쩔매는 꼴이라니… 상상이 되지 않아."

어렸을 때부터 그랬다.

설무린(雪舞麟).

빙마몽환검을 뽑았던 아이. 처음부터 범상치 않았거늘 그 능력은 가히 믿어지지 않을 정도였다.

처음엔 죽이려고 했다.

놔둔다면 분명 세상을 시끄럽게 할 마왕(魔王)이 될 거라는 확신이 있어서였다. 설무린을 죽이려고 했지만 설군표는 차마 들어올렸던 손을 내려치지 못했다.

자신을 올려다보는 아이의 눈과 마주하니 도저히 손을 움직일 수가 없었던 것이다. 자신도 모르게 설군표는 아이를 감싸 안고 걷기 시작했다.

그렇게 그는 북해빙궁으로 돌아왔다.

그때 그 둘에게는 설수진 하나뿐이었다. 더군다나 매여령은 설수진을 낳으면서 죽을 고비를 넘겼다. 다시금 애를 가지게 된다면 그녀와 아이 모두 죽을지도 모르는 상황이었다.

설군표는 아내인 매여령과 이야기하여 아이를 자신의 아들로 삼았다.

설군표는 아이에게 설무린이라는 이름도 지어주었다.

그로부터 벌써 십오 년이라는 시간이 흘렀다.

십오 년이라는 시간은 없던 정도 생기기 충분할 정도로 긴 세월이다. 설군표와 매여령에게 설무린은 친자식이 되어버렸다.

뛰어난 재능에 수려한 외모를 지닌 설무린이다. 분명 북해빙궁의 소궁주로 부족한 점이 없는 사내다. 그런데…….

'속내를 알 수가 없어.'

그토록 오랜 시간을 보냈거늘 아직도 자식놈의 속내를 모르겠다. 보통 속이 깊지 않고서야 그럴 수는 없는 일이다.

그런 설군표의 복잡한 마음을 모르는 매여령이 웃으면서 말했다.

“그럼 오랜만에 무린이를 볼 수 있겠네요.”

“허허, 그게…….”

설군표가 말끝을 흐렸다. 그의 그러한 태도에 매여령의 눈꼬리가 올라갔다. 뭔가 대답하기 힘든 일이 있을 때 설군표가 하는 행동임을 잘 아는 탓이다.

자신을 노려보는 매여령의 눈을 본 설군표는 슬쩍 시선을 돌렸다. 이 말을 끝내고 나서 불똥이 튈 것을 잘 알기 때문이다.

‘이 망할 녀석!’

설군표의 머릿속에 밉살스러운 표정을 짓고 있을 설무린의 얼굴이 떠올랐다가 사라졌다.

북해동(北海洞).

그토록 춥다는 북해에서도 음기가 가장 강하기로 유명한 동굴이다. 북해에 사는 사람들도 꺼리는 곳으로 북해빙궁주의 허락이 없으면 들어올 수 없다.

“큭큭.”

설무린이 낮게 웃음을 흘렸다.

지금쯤 설군표가 어떤 상황에 처했을지 상상이 가는 탓이다.

빙백신장을 익히고 설무린은 북해빙궁으로 가지 않았다. 그는 그대로 몸을 돌려 북해동으로 향했던 것이다.

　평소 자주 빙궁을 떠나 무공을 익히는 설무린을 매여령은 못마땅해했다. 하지만 그러한 것을 허락한 것이 바로 설군표였다. 아마도 지금쯤이면 상당히 곤혹스러운 상황에 처했을 게다.

　설무린은 익숙한 발걸음으로 북해동 안을 거닐었다.

　정확하게 칠 년 전 그는 이곳에 온 적이 있었다. 그리고 그때도 반년가량을 이곳에서 보내다가 북해빙궁으로 돌아갔다.

　북해동 천장에는 거대한 빙주(氷柱:고드름)가 달려 있다. 그 크기는 장정에 비할 정도로 커다랬다. 바닥은 얼음판이다. 한 걸음 걸을 때마다 몸이 앞으로 죽죽 미끄러지듯이 나아간다.

　지독한 한기가 몸을 감쌌지만 설무린은 콧방귀를 뀌었다.

　이 정도야 우습다.

　그는 어깨에 둘러메고 있는 검을 손으로 슬쩍 만졌다.

　빙마몽환검이다.

　사람들은 이 검을 보면서 그저 명검이라면서 감탄을 토해낸다. 믿어지지 않을 정도의 한기를 토해내는 이 검의 정체를 아는 이는 단 한 명, 설군표밖에 없다.

　빙마몽환검은 북해빙궁 최고의 신물이다.

　그것은 바로 북해빙궁을 세운 설자생(雪孜生)의 검인 것이다. 삼백 년이 넘는 긴 세월 동인 빙궁의 주인이 된 자들은 모두 빙마몽환검을 뽑는 것에 도전했다.

하지만 설자생 이후 단 한 명도 북해빙궁의 신물인 빙마몽환검을 뽑지 못했다.

그 탓에 빙마몽환검은 북해빙궁 최고의 신물임과 동시에 세상에서 모습을 감췄다.

빙마몽환검을 뽑지 못했다는 것은 궁주의 자격이 없다는 것으로 보일 수도 있어 역대의 궁주들 모두가 그것을 감춘 탓이다.

그랬기에 빙마몽환검은 유독 궁주만이 접할 수 있는 신물이 되어버린 것이다.

빙마몽환검을 아무도 알아보지 못하는 것은 그 때문이다.

검 자루에 손을 대자마자 설무린을 집어삼키기라도 할 것처럼 한기가 그를 덮쳐 왔다.

설무린은 빙마몽환검에서 손을 뗐다.

"큭, 망할!"

손가락 끝까지 찌릿거린다. 차가워졌던 손이 점점 원래의 온기를 회복했다.

이상한 일이지만 그날 이후 설무린은 검을 뽑지 못했다. 그 원인은 그도 아버지인 설군표도 모른다.

북해빙궁의 신물을 설무린이 들고 다니는 것은 이유가 있다. 단지 한 번 빙마몽환검을 뽑았다는 이유만으로 신물을 마음대로 들고 다니게 할 정도로 설군표는 생각이 가벼운 자가 아니다.

설무린이 태양지체(太陽之體)이기 때문이다.

태양지체는 양기로 가득한 신체를 일컫는다.

태양지체를 지닌 자는 여덟 살을 넘기지 못하고 죽는다. 지독한 양기 때문이다. 하늘이나 가져야 할 태양을 몸속에 지녔으니 신이 저주를 내리는 것도 이상할 것이 없다.

그런데 설무린이 살아 있다.

빙마몽환검 때문이다. 검의 한기가 그의 몸속으로 침투해 양기를 억누르고 있다.

태양지체는 몇백 년에 한 명 나올까 말까 한 신체로 설군표 또한 문헌을 조사해서야 알았을 정도로 생소한 것이다.

태양지체를 타고난 아이는 어릴 때부터 신동이라는 소리를 듣는다. 문(文), 무(武) 그 어느 방면에서도 아이는 뛰어난 재능을 발휘한다, 비록 그것이 여덟 살이라는 짧은 생에서일지라도.

운이 좋았다.

빙마몽환검이 태양지체의 아이를 찾은 것인지, 아이가 빙마몽환검을 찾은 것인지는 모른다.

중요한 건 이미 죽었어야 할 태양지체의 아이가 살아 있다는 것이다. 그것도 북해빙궁의 소궁주로 말이다.

설무린이 살짝 찌푸렸던 인상을 풀고 북해동의 깊숙한 곳으로 걸어가기 시작했다.

그가 빙마몽환검을 바라보며 툴툴거렸다.

“언젠가 네놈을 팔아버리고야 말 거다, 이 빌어먹을 신체를 고친 후에.”

살짝 벌려진 입을 통해 하얀 입김이 흘러나온다.

입술이 참 붉다. 사내라고 보기에 힘들 정도의 하얀 피부와 붉은 입술은 아름다운 미녀를 연상케 한다.

길게 푼 머리카락은 연신 나풀거리면서 설무린을 뒤쫓는다.

그의 눈은 정면만을 바라보고 있다. 주변의 사물들에는 전혀 관심도 없는 듯이 당당하게 앞으로만 걸어나간다. 차가운 눈이지만 그 안에는 흔들리지 않는 단호함도 곁들어져 있다.

생각이 있어서 이곳에 들어왔다.

일 년, 일 년이다.

일 년 안에 반드시 해야 할 일이 있다.

‘설풍수라마검(雪風修羅魔劍)을 익혀야 한다.’

설풍수라마검은 빙령신검(氷靈神劍)과 함께 북해빙궁 이대검공 중 하나다. 하지만 그 두 개는 확연하게 다른 검법이다.

빙령신검이 정(正) 쪽에 치우치면서 무거운 중검인 데 반해 설풍수라마검은 사(邪)에 가까운 환검이다.

설풍수라마검은 살인검이다. 그렇기에 이대검공의 하나이면서도 음지에 묻혀 버린 무공이기도 하다.

굳이 북해동에 온 것은 바로 설풍수라마검을 깊이 있게 익히려는 사실을 감추기 위해서다.

아버지인 설군표는 상관없다.

애초에 두 가지 중 하나를 선택하라고 말을 꺼낸 것은 바로 그였다. 그때 설무린은 주저없이 설풍수라마검을 택했다. 그럼에도 불구하고 설군표는 아무런 말도 하지 않았다.

마치 그럴 줄 알았다는 듯한 태도였다.

문제는 바로 어머니인 매여령이다.

설풍수라마검을 익힌다고 한다면 분명 빙령신검에 보다 깊이를 두라고 이야기할 것이다.

빙령신검이 뛰어난 무공임은 분명하다. 그리고 설무린 또한 빙령신검을 익히고 있고, 또한 아직 그 끝을 보려면 한참이나 남았다.

다만 많은 자들이 끝을 본 빙령신검보다 아직 그 끝을 제대로 보지 못한 설풍수라마검에 더욱 끌리는 것은 설무린의 성격 탓이기도 했다.

빙령신검은 너무 정직하다. 그 탓에 그리 끌리지 않는다. 오히려 변화막측한 설풍수라마검이라는 검법이 그에게는 더 매력적이다.

북해동을 걷던 그가 마침내 목적지에 다다랐다.

북해동에서 가장 음기가 강한 곳에 높게 솟아올라 있는 침상 하나가 설무린의 눈에 들어왔다.

그런데 보통 침상이 아니다.

얼음으로 되어 있는 침상은 보는 것만으로도 온몸이 부르르 떨릴 정도로 차가운 느낌을 풍겼다.

빙상(氷牀).

빙상은 북해동의 음기가 최고조로 모이는 곳에 지어진 얼음 침상이다.

설무린은 빙상 옆에 가지고 온 짐을 내려놨다.

짐이라고 해봤자 옷 몇 벌이 전부지만 이것으로 그는 일 년이라는 긴 시간을 버텨야 한다. 준비해 온 벽곡단이 들어 있는 항아리를 내려놓은 그가 허리를 폈다.

빙상에 올라서서 바라본 북해동은 아무도 없는 차가운 동굴이다.

설무린은 빙마몽환검이 아닌 따로 준비해 온 검을 뽑아 들었다. 한시도 쉴 시간이 없다.

"슬슬 시작해 볼까?"

설풍수라마검은 총 여섯 개의 초식으로 이루어졌다.

크게 전 삼 초식과 후 삼 초식으로 나누는 설풍수라마검은 앞과 뒤가 크게 차이가 난다.

전반부를 차지하는 세 개의 초식은 북해빙궁 검술의 기본이 되는 북해빙검(北海氷劍)의 것과 흡사하다. 진정한 설풍수라마검의 위력은 바로 후반부에 있다.

북해빙검이라면, 북해빙궁의 무인이라면 누구나 가장 먼저 입문하는 검법이다. 그러한 것을 설무린이 익히지 못했을 리가 없다.

설풍수라마검의 전반부는 쉽사리 넘겼지만 후반부에 들어서자마자 난관에 봉착했다.

변화가 너무나 심하다.

환검인 설풍수라마검은 기기묘묘한 변화가 가장 큰 특징이다. 그 탓에 설무린 스스로가 검에 끌려가 버리는 우스꽝스러운 일이 벌어져 버렸다.

"요사스러운 놈이로군."

자신의 검을 바라보며 설무린이 중얼거렸다.

예상보다 훨씬 심한 변화에 내심 당황하기는 했지만 그의 입가에 히죽 미소가 걸렸다.

쉽다면 죽을 듯이 익힐 맘도 들지 않았을 게다.

"좋아, 이 정도는 돼야지 해볼 만하지. 어디 누가 이기나 한번 해보자."

설무린은 다시금 검을 움직였다. 정해진 길을 따라 검이 움직인다. 설풍수라마검의 일초식인 설풍무영(雪風無影)에서부터 삼초식까지 빠르게 펼쳐졌다.

그리고,

전 삼 초가 끝나기가 무섭게 그의 손에 들린 검이 요동쳤다.

부르르르!

설풍수라마검 사초식 수라환영(修羅幻影)!

빠르지만 다소 정직하게 움직이던 검초가 갑작스럽게 변

했다. 손에 들린 검은 마치 생명이라도 가진 것처럼 설무린의 손을 빠져나가려고 아둥바둥하기 시작했다.

피잉!

사방으로 살기를 뿌려대던 검이 마침내 설무린의 손아귀에서 화살처럼 쏘아져 나왔다.

퍽!

날아간 검은 그대로 얼음벽에 박혀 버렸다. 설무린은 자신의 손바닥을 내려다봤다.

검의 반발을 버티지 못하고 붉게 변해 버린 손을 보며 그는 작은 목소리로 중얼거렸다.

"방법이 틀렸나?"

설풍수라마검을 직접 눈으로 견식한 것은 단 한 번이다. 그것이 설풍수라마검을 접한 전부였다.

북해빙궁의 이대검공인 빙령신검과 설풍수라마검은 궁내에서도 선택받은 몇몇만이 접할 수 있는 무공이다. 두 개의 무공은 서책이 아닌 입을 통해서 구전되어진다고 한다.

그렇지만 설무린에게 빙령신검과 설풍수라마검을 전해준 자가 문제였다. 단 한 번 두 개의 검공을 펼쳐 보인 후 그대로 하나를 익히라고 한 것이다.

다른 자였다면 기겁을 했을 게다.

괜히 북해빙궁의 이대검공이 된 것이 아니다. 그만큼 난해하고, 또한 깊이가 있는 검법들이다. 그런 것을 단 한 번 보여

준 것만으로 익히라니 그게 말이 되는 일인가.

그런데도 불구하고 설무린에게 두 개의 검공을 모두 보여 준 자는 그 무공들에 대해 아무런 조언도 해주지 않았다.

그는 바로 북해빙궁의 궁주인 설군표였다.

문제는 당사자인 설무린 또한 아무런 말도 하지 않았다는 거다.

설무린을 누구보다 잘 안다고 자부하는 설군표다. 그가 그리한 것은 그것으로 충분하다는 것을 알았기 때문이다.

그 한 번으로도 이미 설무린이 두 개의 검공 모두를 머리에 심었을 거라는 것이라고 믿어 의심치 않아서다.

물론 자세한 설명이 없으니 그만큼 넘어서기 힘든 부분이 생길 것이다. 하지만 그것이 오히려 설무린을 강하게 만들어 줄 거라 생각했다.

분명 알고 있을 거라는 설군표의 예상은 전혀 빗나가지 않았다.

한 번밖에 보여주지 않은 두 개의 비전 무공이지만 설무린의 뇌리에는 이미 그것들이 남아 있었던 것이다.

한 번이면 충분했다.

그것으로 이미 설무린은 북해빙궁 이대검공에 대해 대부분 파악해 버렸다.

북해빙궁 무공의 뿌리를 알기에 가능한 일이었지만 그것은 분명 놀라운 능력이다.

얼음벽에 박혀 버린 자신의 검에 다가서며 설무린은 뭐가 그리도 즐거운지 웃음을 흘렸다.

"후후. 너무하시는군요, 아버지."

차근차근 가르쳐 줘도 모자랄 판에 한 번 보여주고는 그대로 끝이라니. 하지만 설무린은 그것에 대해 전혀 원망하는 기색을 보이지 않았다. 오히려 그의 얼굴은 오히려 즐거워 보이기까지 한다.

퍼석!

검을 뽑아내자 빙벽의 일부가 부서졌다. 설무린은 검끝을 살폈다.

"아직은 쓸 만하군."

그는 그대로 땅에 주저앉아 눈을 감았다. 어둠 속에서 일 년 전 설풍수라마검을 펼치던 설군표의 모습이 나타나기 시작했다.

검을 휘두르던 모습이 아직도 선명하다. 손가락 하나, 발의 움직임까지도 완벽하게 기억하고 있다.

눈을 감은 채로 설무린이 자리에서 일어났다.

파앙!

검이 그대로 허공을 가른다. 굳게 닫힌 눈은 열리지 않았다. 그의 발이 천천히 움직이기 시작했다.

설무린의 모습과 일 년 전 설풍수라마검을 펼쳤던 설군표의 모습이 하나가 되었다.

설풍수라마검의 네 번째 초식인 수라환영이 그의 검끝에서 펼쳐졌다. 사방팔방(四方八方)으로 움직이는 검신의 잔영이 눈을 어지럽게 한다. 환하게 빛나는 빙굴 안에 또 다른 빛이 인다.

위로 향한다고 생각한 검이 어느새 옆으로 치고 들어온다.

아니, 옆이 아니다!

검끝이 흐릿해지는 듯싶더니 빙벽의 일부가 그대로 박살 나버렸다.

눈으로 쫓기 힘들 정도의 환검이다.

그때 검을 휘두르던 설무린이 발을 멈췄다. 그가 눈을 뜨더니 박살이 난 빙벽을 바라봤다.

"이게 아니야."

분명 변화무쌍한 것이 설풍수라마검의 특징을 잘 살렸다. 하지만 정작 설무린이 베려고 한 것은 저 빙벽이 아니었던 것이다.

초식은 성공했다. 하지만 그것이 원하는 방향으로 향하지 못했던 거다.

부족한 게 있는 것이다.

움직임은 완벽했다. 그런데도 손이 원하는 방향으로 향하지 않았다는 것은 분명 무엇인가 틀린 게 있다는 소리다.

내공의 안배? 투로(套路)?

"대체 모르겠군."

입맛을 다시며 설무린은 다시금 검을 들어올렸다. 모른다면 파고드는 수밖에 무엇이 더 있겠는가.

계속해서 휘두른다면 조그마한 실마리라도 생길 게다.

그는 다시 한 번 눈을 감은 채로 예전 설군표가 보여주었던 움직임을 쫓았다.

팟!

감고 있던 눈이 뜨이는 순간 설무린의 몸이 허공을 가르며 움직였다.

설풍수라마검의 네 번째 초식인 수라환영이 다시 한 번 펼쳐졌다. 검에서 쏟아지는 현란한 광채가 눈을 부시게 할 정도다.

검을 움직이던 설무린의 안색이 굳어졌다.

'검이 무거워졌어!'

멈춰야 한다는 생각에 휘둘러지는 검의 방향을 급히 바꾸었다.

"망할!"

어깨가 비틀렸다. 일순 마치 돌멩이를 얹은 듯이 무거워진 검을 멈췄지만 그 여파로 검이 팅겨져 나갔다.

팔이 저릿저릿하다.

"이상해. 뭔가 맞지 않아. 대체……."

말꼬리를 흐리던 설무린은 무엇인가 생각난 듯이 자신의 양 손바닥을 부딪쳤다. 그가 웃음을 터뜨렸다.·

"하하! 그래, 그거였어!"

애초에 자신에게 맞지 않는 옷을 입었던 것이다. 설무린은 분명 설군표가 보여준 설풍수라마검을 그대로 쫓았다.

바로 그거다.

그것에서 문제가 벌어진 것이다.

설군표는 설무린과 체형 자체가 다르다.

설무린은 호리호리한 반면 설군표는 남자답게 떡 벌어진 신체를 지녔다.

체형이 다른 데도 불구하고 설군표를 억지로 쫓았으니 검이 말을 듣지 않을 만도 하다.

"후후! 항상 내 속내를 모르겠다고 말하지만 아버지 또한 만만치 않습니다."

설군표는 분명 이러한 일이 벌어질 것을 알았을 게 분명하다. 그럼에도 불구하고 그는 설무린에게 아무런 조언도 하지 않았다.

설무린은 놓쳤던 검을 다시 들어올렸다.

눈을 감지 않아도 검을 움직이는 설군표의 모습이 눈에 선하다.

"그럼… 내 몸에 맞는 옷으로 바꿔볼까?"

검이 움직였다.

시작은 아까와 같았으나 점점 검이 움직일수록 머릿속에 남아 있는 설군표의 환상과 움직임이 틀어지기 시작했다.

하지만 멈추지 않았다.

이것이 바로 설무린이 생각해 낸 자신에게 맞는 수라환영인 것이다.

검을 움직이던 설무린의 손이 부르르 떨리며 멈추는 순간이었다.

쾅쾅쾅!

동굴 천장에 달려 있던 커다란 빙주가 하나씩 떨어지며 굉음을 토해냈다.

장정의 허리 두께 정도 되는 빙주들이 아주 깨끗하게 잘려져 버렸다. 이제는 형체가 완전히 부서져 버린 빙주들이 사방으로 쏟아졌다.

설무린은 검을 내렸다.

아까처럼 손에 고통이 일거나 검이 튕겨져 나가지도 않았다.

그의 판단이 맞았던 것이다.

수라환영이 성공했다. 그런데도 불구하고 설무린은 만족하지 못한 표정이다.

"열 개를 베려고 했는데 다섯 개인가?"

반쯤 성공한 셈이다.

하지만 문제점을 발견해 냈고, 그래도 초식을 펼쳤다는 점에서는 성공한 것과 진배없다.

만족하지 못한 표정을 짓고 있던 그가 다시 움직이려 하다가 멈칫했다. 누군가의 시선이 느껴져서다.

'누구지?'

검법에 심취해 있던 탓에 누군가가 숨어서 자신을 지켜본다는 것을 알아차리지 못했다.

아니, 아무리 심취해 있었다고 해도 알아차리지 못했다는 건 그만큼 은신에 능한 자라는 소리다.

북해동에는 선택받은 자만이 들어올 수 있다. 그리고 현재 북해동에 들어와 있는 건 설무린뿐이다. 지금 숨어서 자신을 지켜보는 자가 어떠한 생각을 지녔는지는 중요하지 않다.

'건방지게 내 뒤를 잡았다 이거지?'

설무린이 스르륵 몸을 돌리며 검을 움직였다.

위치는 파악했다. 커다란 바위 뒤에서 미약하지만 생명의 꿈틀거림이 느껴진다.

퍽!

바위가 쏘아져 나간 검기에 의해 반으로 잘라졌다. 그 순간 바위 뒤에서 무엇인가가 튕겨져 올랐다.

괴한은 절로 입이 벌어질 정도로 빠른 속도로 뒤로 도망치기 시작했다. 설무린은 놓치지 않으려는 듯이 바짝 그 뒤를 쫓았다.

그렇지만 묘하게도 거리가 좁혀지지 않는다. 설무린 또한 전력을 다해서 움직이고 있거늘 상대와의 거리는 일정 수준 이상 줄어들지 않았다.

‘대체 누구지?’

자신보다도 조그마한 덩치에 옷차림이 꽤나 남루하다. 행색을 보아하니 그리 나이도 많아 보이지도 않는다.

도저히 거리가 좁혀지지 않자 설무린은 판단을 내렸다.

‘계속 도망친다면 억지로라도 멈추게 해주지.’

달리는 와중에 설무린이 손을 들어올렸다. 그의 입에서 조그마한 목소리와 함께 커다란 힘이 손바닥을 통해 쏟아져 나왔다.

“빙백신장.”

구웅!

거대한 장력이 성난 파도와도 같이 밀려든다. 앞에서 달려가던 괴한도 그 힘을 느꼈는지 급히 옆으로 몸을 비켰다. 하지만 빙백신장은 상대를 놓치지 않았다.

빙백신장이 괴한의 옆구리를 스치고 지나갔다.

퍼엉!

“꺅!”

‘꺅?’

괴한이 무릎을 꿇는 사이 설무린은 이미 그에게 다가와 목에 칼을 가져다 댔다. 괴한은 얼어붙어 버린 옆구리를 부여잡은 채로 거친 숨을 몰아쉬었다.

설무린이 이상한 표정을 지어 보였다. 분명 자신의 귀가 틀리지 않았다면…….

"고개를 들어."

"……."

괴한은 고개를 푹 수그린 채로 부들부들 떨었다. 그러자 설무린이 다시 한 번 말했다.

"귀머거리야?"

덜덜거리며 떨던 괴한이 고개를 들어올렸다.

괴한과 설무린의 눈이 마주쳤다.

"젠장! 왠지 비명 소리가 이상하더라니……."

설무린은 자신의 귀가 틀리지 않았음을 확신했다. 자신과 눈을 마주치고 있는 자는 사내가 아니었다.

"여자였어?"

얼어붙은 옆구리를 부여잡은 채로 괴한이 고개를 끄덕였다.

第二章

북해동(北海洞)

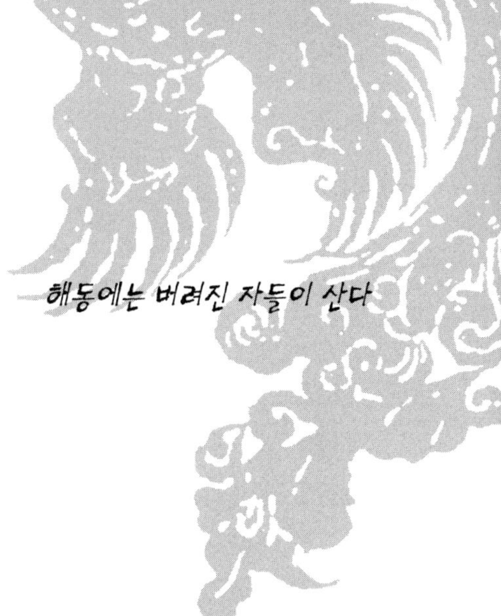

　설무린은 여인을 내려다봤다. 체구가 왜소한 것은 나이가 어려서가 아니라 여자였던 탓이다.

　검끝이 여인의 턱 선에 닿아 있다. 갸름한 얼굴이 천천히 떨린다. 칼을 통해서 지금 그녀의 심정이 어떤지 전달되어 왔다.

　겁을 먹었다.

　대체 무슨 목적으로 자신에게 접근했는지 이해가 가지 않는다.

　그리고 애초에 이곳 북해동에 이러한 여인이 있다는 것 자체가 더욱 의문이다. 북해동에는 현재 자신을 제하고는 아무도…….

"설족(雪族)?"

여인은 급히 고개를 끄덕였다.

그제야 설무린은 여인의 정체를 알아버렸다. 이 여인은 바로 설족의 인물이다.

설족.

북해빙궁에 씻을 수 없는 죄를 지은 자들을 칭하는 말이다. 하지만 설족이라는 것도 이제는 거의 이름만 남았다고 해도 과언이 아니다. 백여 년 전부터 죄를 지은 사람은 중원의 법도로 해결하게 돼서다.

잘못을 하면 그에 맞는 벌을 주면서 점점 설족이라는 이름은 유명무실(有名無實)해졌다.

설족의 자식은 설족이다. 그 탓에 백 년이 지난 지금도 일부의 설족이 살아 있다고 들어서 알고 있다.

설족에게는 두 가지의 미래가 있다. 하나는 북해동과도 같은 북해빙궁의 중요한 곳을 평생토록 지키는 일이다. 또 다른 하나는 바로 북해빙궁 수뇌부의 호위무사가 되는 것이다.

말이 호위무사지 그것은 그림자무사라고 해야 옳을 것이다.

주인을 위해 죽어야 하는 무사. 그것이 바로 그림자무사다.

지켜야 하는 자와 같은 모습으로 변장하고 대신 칼과 화살에 맞아 죽는 일이 바로 그림자무사의 일이다.

설무린은 말없이 여인을 내려다봤다. 여인은 눈도 제대로 마주치지 못하고 시선을 돌리려고 했다.

둘 사이에 차가운 한풍이 몰아쳤다.

"휴."

설무린이 검을 내렸다.

베어야 할 상대가 아니라고 판단해서다. 그는 대신 허리를 굽혀 여인의 허리춤에 손을 가져다 댔다.

움찔.

눈에 보일 정도로 당황한 여인이 급히 뒤로 물러서려고 했다. 그 모습은 설무린 자신도 모르게 픽 하고 웃음을 흘릴 정도로 귀여웠다. 하지만 그것도 찰나에 불과했다.

이내 언제나처럼 알 수 없는 표정을 지으며 그가 말했다.

"가만히 있어라."

"……."

설무린의 손에서 양강의 기운이 흘러나왔다. 가슴속에 잠들어 있는 태양이 꿈틀대기 시작했다.

새하얗게 변해 버렸던 여인의 피부 색이 돌아왔다.

설무린이 손을 떼고는 자리에서 일어났다. 아직도 고통스러운지 허리를 부여잡고 있지만 빙백신장에 의해 입은 피해는 많이 줄어들었을 게다.

그때였다.

휘이익!

바람 가르는 소리가 들려온다. 설무린은 재빠르게 검을 들어 뒤로 움직였다.

번쩍!

설무린의 검이 날아드는 무엇인가를 쳐낼 듯이 쏘아졌다. 하지만 날아들던 정체불명의 것이 갑자기 뚝 하고 떨어졌다.

검을 피해냈다.

'고수!'

재차 검을 날리려던 설무린은 급히 손을 멈췄다.

땅으로 떨어져 내린 건 사람이었다. 그리고 그자는 고개가 파묻힐 정도로 땅에 머리를 박았다.

고개를 파묻은 사내가 크게 소리쳤다.

"미천한 설족의 놈이 소궁주님을 뵙사옵니다!"

고개를 파묻었지만 위에서 보는 것만으로 상대에 대해서 어느 정도 파악이 가능했다. 다소 마른 체형이고, 흰머리가 희끗희끗한 것이 나이도 오십 줄에는 들어선 듯하다.

"당신은?"

"북해동을 맡고 있는 설족이옵니다. 그리고 저 아이의 아비이기도 합니다."

"아!"

설무린은 자신이 상처를 입힌 여인을 슬쩍 바라봤다. 이 사내의 딸인 모양이다.

고개를 박고 있는 사내가 갈라진 목소리로 말했다.

"미천한 놈의 딸이 소궁주님께 어떠한 무례를 끼쳤는지 모르겠지만 하해와도 같은 마음으로 용서해 주십시오!"

"일어나시죠."

"용서해 주신다면……."

설무린은 떨떠름한 표정을 지어 보였다. 아무리 설족이라고 해도 자신보다 두 배는 더 산 자다. 그런 사람이 이토록 자신을 낮추고 있으니 꽤나 불편한 모양이다.

"저에게 엎드려 봤자 돈 하나 안 나옵니다. 그만 일어나시죠. 슬슬 귀찮아질 것 같아서요."

고개를 든 중년 사내의 얼굴에 애매한 표정이 지어졌다.

북해빙궁의 소궁주에게 어울리지 않는 말이다. 돈은 뭐고 귀찮아진다니…….

괴팍한 자임이 분명하다.

그제야 설무린은 사내의 얼굴을 볼 수 있었다. 젊었을 적에는 꽤나 미남이었을 법한 자다. 하지만 고생 때문인지 수심이 깊어 보인다.

설무린은 뽑았던 검을 허리에 찼다.

"저 때문에 따님이 좀 다친 것 같습니다. 사과하죠."

"아, 아닙니다."

중년인이 급히 고개를 숙였다.

설족은 누구에게도 떳떳하게 고개를 들지 못한다. 그건 어릴 때부터 그렇게 자랄 수밖에 없는 환경 탓이다.

설무린은 중년인을 살폈다.

체구는 커다란 편이 아니지만 매끈한 근육이 보인다. 그리고 방금 전 자신이 휘두른 일격을 피한 것은 결코 우연이 아니다.

이자는 강하다.

'큭큭! 마침 잘됐군!'

홀로 무공을 훈련하러 왔다고는 하지만 종종 비무 상대가 필요한 것이 사실이다. 그렇지만 아무에게나 자신의 무공을 보여주는 게 설무린은 맘에 들지 않았다.

그러던 와중에 중년인을 만났다. 설족이라면 이 북해동을 나설 일도 없고, 또 자신에 대해 이런저런 말을 하지도 않을 게다.

거기다가 무공도 어느 정도 강한 듯하니…….

설무린은 눈을 빛냈다.

"아저씨."

"예, 소궁주님."

"제발 눈 좀 보고 이야기하죠. 제가 땅에 붙어 있을 정도로 조그마한 건 아니고."

계속해서 고개만 숙이는 그를 보고 참지 못한 설무린이 짓궂은 어조로 말했다. 그러한 농담에 설족 사내는 화들짝 놀라며 급히 고개를 들었다.

“아닙니다! 미천한 놈이 죽을죄를…….”

“쩝, 농담 한번 했다가 내가 죽일 놈이 될 판이군.”

계속해서 사과만 하는 그를 보며 설무린이 중얼거렸다. 그의 말을 들은 사내는 더는 아무런 말도 꺼내지 못했다.

눈을 슬쩍 깐 채로 당황해하는 중년인을 재미있는 시선으로 바라보던 설무린은 장난을 그만뒀다.

“부탁이 있는데, 들어주시겠습니까?”

“소궁주님께서 소인 같은 놈에게 무슨 부탁이라뇨. 당치도 않습니다.”

“아, 그런 이야기를 듣고 싶은 게 아니고 들어줄 겁니까, 말 겁니까?”

“제가 할 수 있는 일이라면 무엇을 못해 드리겠습니까.”

“약속한 겁니다?”

설무린은 약속을 확신이라도 하는 듯이 재차 물었다. 신이 난 듯이 미소 짓는 그의 모습에 잠시 떨떠름함한 모습을 감추지 못했지만 중년 사내는 고개를 끄덕일 수밖에 없었다.

“후후! 나중에 후회하시기 없깁니다.”

중년의 사내는 자신의 딸을 향해 고개를 돌렸다. 대체 이 사내의 성격을 종잡기가 어려운 탓이다.

여우처럼 웃는 모습이 짓궂어 보인다.

나이도 그리 많지 않은 사내이거늘 속내를 알 수가 없다.

중년의 사내가 다시금 고개를 숙이며 말했다.

“하명하여 주십시오.”

“꽤 강해 보이던데, 맞습니까?”

“고작 설족의 무공일 뿐입니다. 미천한 실력입니다.”

“그런 미천한 실력으로 제 검을 피했군요.”

“그건…….”

사내는 말을 잇지 못했다.

자신의 딸에게 무슨 일이 있을까 하는 마음에 속이지 못하고 본신의 실력을 보이고야 말았다.

숨겨야 했는데 실수를 범했다.

그렇지만 정작 당사자인 설무린은 대수롭지 않다는 듯이 말했다.

“뭐, 아저씨의 실력이야 한번 겨루어보면 알 일이니 나중에 이야기하죠. 아, 근데 이름이 뭡니까?”

“설족에게 이름이라니요.”

“하지만 불러야 할 호칭은 있어야 할 거 아닙니까. 계속 아저씨라고 부르기도 뭐하고. 노인장은 더더욱 그렇고…….”

잠시 고민하는 듯하던 설족의 사내가 퍼뜩 무엇인가가 생각났는지 입을 열었다.

“아, 궁주님께서 저를 북해(北海)라고 부르셨습니다.”

“궁주님?”

“설군표님이십니다.”

익숙한 이름이 북해라는 사내의 입에서 흘러나왔다. 설무린은 머리를 긁적였다.

"북해 당신, 우리 아버지와 아는 사이였습니까?"

"아주 잠시 궁주님의 그림자무사였습니다."

북해빙궁의 궁주인 설군표의 그림자무사였단다. 그렇다면 굳이 그 실력은 말하지 않아도 알 만하다.

하지만 이상하다.

설무린이 아는 바로 한번 그림자무사가 되면 죽기 전까지는 그 임무를 수행해야만 한다. 한때는 그림자무사였는데 지금은 북해동에서 생을 유지하고 있다.

'뭔가 일이 있었나 본데……'

아버지가 한 일이라면 분명 이유가 있을 거다.

설군표는 대단한 자다.

자그마한 행동을 할 때도 그에 맞는 이유가 있다. 그 당시에는 이상하다는 생각밖에 하지 못하지만 시간이 지나고 나면 결국 설군표의 이상한 행동이 이해가 가게 된다.

그렇지만 지금 알아야 할 일은 아니다.

중요한 것은 북해가 설무린의 비무 상대로 부족하지 않을 거라는 거다.

"아버지의 그림자무사였다면 아까 그 움직임도 이해가 가는군요. 북해, 제가 북해동에 있는 동안 비무를 부탁하지요."

설무린이 바라던 것이 비무였다는 사실에 북해는 잠시 망설였다. 거절하기 힘들다. 상대는 북해빙궁의 소궁주, 그리고 자신은 설족이다.

그런 북해의 생각을 읽기라도 한 것처럼 설무린이 말했다.

"싫으시면 거절하셔도 됩니다."

"……."

북해가 설무린을 바라봤다.

바라보는 눈빛은 자신이 무슨 대답을 할지 알고 있는 듯하다, 이 속을 알 수 없는 사내는…….

"미천하지만 소궁주님의 도움이 된다면."

"후후!"

설무린이 웃음을 흘렸다.

북해를 바라보며 웃음을 흘리던 그가 아직도 주저앉아 있는 여인을 향해 손을 뻗었다. 그녀가 고개를 들어 설무린을 올려다봤다.

아직 여인이라기보다는 소녀에 가까운 앳된 얼굴이다.

그러나 크면 분명 대단한 미인이 될 게다. 당황하는 모습이 귀여워 자신도 모르게 입꼬리가 올라가던 설무린은 이내 표정을 굳혔다.

'아아, 위험하다고.'

어쩔 줄 몰라 하는 그녀의 손목을 설무린이 슬쩍 잡아챘다. 손에 살짝 힘을 주자 마치 끌려 올라오듯이 일어났다.

그녀는 화들짝 놀랐다.

가뜩이나 하얀 얼굴이 더욱더 새하얗게 변해 버렸다.

"숨어서 보는 바람에 적인 줄 알고 상처를 줬군. 미안하게 됐다."

"……."

설무린은 슬쩍 고개를 숙이고 있는 여인을 바라본 후 자신의 몸을 뒤적거렸다. 그의 손가락 끝에 무엇인가가 걸렸다.

장신구다.

손목에 차고 있던 팔찌는 금으로 되어 있다고는 하지만 그리 가격이 나가는 물건은 아니었다.

설무린은 손에 차고 있던 팔찌를 풀어서 그녀에게 내밀었다.

"사과의 선물이다, 별건 아니지만."

여인은 아무런 행동도 하지 못하고 어물거렸다.

설족으로 태어난 여인이다. 설족이 아닌 사람과는 대화를 나누어본 적이 없다. 거기다가 상대의 신분이 너무나 고결하다.

북해빙궁의 소궁주가 자신에게 선물을 주려는 것이다, 고작 설족인 자신에게.

그녀가 위축되는 것은 어쩔 수 없는 노릇이다.

이대로 있다가는 하루 종일이 지나도 변하지 않을 게 분명하다.

설무린이 손가락을 튕겼다.

팅!

팔찌가 허공을 돌더니 그대로 여인의 손바닥에 떨어졌다.

"주운 거니까 이제 이건 네 거야. 맘에 안 들면 땅에 버리든지."

설무린은 몸을 돌려 북해를 마주했다. 그는 아까 전 그곳에 그대로 선 채로 반쯤 허리를 굽히고 있었다.

"북해, 앞으로 열흘에 한 번 꼴로 이곳에 와줬으면 합니다."

"그렇게 하겠습니다."

"할 말이 끝났으니 가셔도 됩니다."

"그럼 소인들은 이만."

북해가 슬쩍 눈짓을 하자 멀거니 서 있던 여인이 급히 그의 옆으로 다가가 섰다.

둘이 아직 채 떠나지도 않았거늘 설무린은 검을 뽑았다.

이제 이 둘은 관심 밖이다. 다시금 그는 자신만의 세계에 빠져들기 시작한 것이다.

검을 든 채로 설무린이 가볍게 발걸음을 옮긴다.

북해가 다시 한 번 고개를 숙이고는 자신의 여식과 함께 급히 자리를 뜨려고 할 때였다.

여태까지 입을 닫고 있던 그녀가 입을 열었다.

"가, 감사합니다."

무아지경(無我之境)에 빠져들던 설무린이 뒤를 바라봤다.

얼굴이 새빨갛게 변한 채로 자신을 바라보는 여인을 본 그가 다시금 몸을 돌렸다.

"가자."

북해가 그녀의 옷깃을 잡아당겼다. 여인은 급히 발걸음을 옮겨 북해와 함께 걷기 시작했다.

반 각가량을 걸어 설무린이 보이지 않게 되었을 무렵에야 굳게 닫혔던 북해의 입이 열렸다.

"다시는 그런 위험한 짓은 하지 말거라."

"죄송해요, 아버지."

"후우."

북해는 깊은 한숨을 내쉬었다.

운이 좋았다. 무공을 익히는 걸 훔쳐본 것만으로도 죽일 이유는 충분하다. 아니, 애초에 설족을 죽이는 데 이유 따위 딱히 없어도 상관없다.

그들은 죄인이다.

그것도 아주 커다란 죄를 지은.

북해의 뒤를 따라 걷는 여인의 손에는 설무린이 준 팔찌가 들려 있었다. 그녀는 계속해서 팔찌를 만지작거렸다.

생전 처음이다, 누군가에게 선물받은 것이.

북해는 약속을 지켰다.

정확하게 열흘이 지나자 설무린을 찾아온 것이다. 그는 그

때와 전혀 변한 것이 없는 모습이었다.

다만 그때와 달리 허리에 한 자루의 검이 매달려 있다는 것을 제한다면 말이다.

"오셨습니까?"

"예, 소궁주님."

고개를 숙이며 그가 대답했다.

허리에 차여져 있는 검은 아주 평범했다, 시중에서 돈 몇 푼 쥐어주면 쉽사리 구할 수 있는.

설무린이 북해의 앞에 가서 서면서 말했다.

"아버지의 그림자무사였다면 대충 북해빙궁의 무공에 대해 아시겠습니다."

"그렇습니다."

"설풍수라마검을 본 적이 있습니까?"

"있지요. 그 모습을 어찌 잊을 수 있겠습니까."

북해가 설군표의 그림자무사로 보낸 시간이 무려 이십 년가량이다. 그는 설군표와 가장 가까운 곳에서 그를 위해 싸우던 무사였다.

설군표의 모든 무공을 견식했다고 해도 과언이 아닐 게다.

그중에 설풍수라마검이라면 더더욱 기억이 난다. 어찌 그날의 일을 잊을 것인가.

"설풍수라마검은 매서운 검법이지요. 아직도 그때 궁주님이 펼치시던 검을 생각하면 오금이 저릴 정도입니다."

설무린이 북해를 만난 것은 행운일지도 모른다. 설군표의 설풍수라마검을 옆에서 지켜본 자다. 도움이 될 게다.

스르릉.

검신이 부드럽게 검집을 타고 빠져나온다.

"북해, 시작하죠."

"그리하지요."

북해 또한 허리춤에 차고 있던 검을 뽑아 들었다. 검을 든 채로 옆으로 발을 옮겼다.

"후우! 후우!"

숨을 몰아쉬던 설무린이 얼음 위를 미끄러졌다.

검이 단숨에 목을 노리고 날아든다. 뒤로 성큼 물러서며 북해가 검끝을 흔들었다.

부르르!

팡!

두 개의 검이 부닥치면서 얼음이 깨지는 듯한 소리가 사방으로 퍼졌다. 검을 회수하기가 무섭게 설무린의 검이 다시금 쏘아졌다.

순간 허깨비처럼 북해의 몸이 사라졌다.

그렇지만 설무린은 그의 움직임을 읽었다.

'뒤!'

그대로 몸을 돌리며 설무린은 검을 휘둘렀다. 검끝이 갈라지면서 무수한 변화가 보인다.

설풍수라마검의 네 번째 초식인 수라환영이다.

후우우!

바람이 갈라졌다. 사방으로 눈보라가 휘몰아치는 듯했다.

열흘 동안 이 초식 하나에 매달렸다. 그 덕분인지 며칠 전에 비해 수라환영의 초식은 꽤나 완숙해졌다.

이제 단숨에 베어낼 수 있는 빙주의 숫자도 다섯 개에서 여덟 개로 는 설무린이다. 그는 이 정도라면 북해를 궁지에 몰아넣을 수 있을 거라고 판단했다.

사방이 하얀 검광에 휩싸였다.

손속에 사정을 둬야 하는 게 아닌가 막 고민할 때였다.

타앙!

북해의 손이 빠르게 움직이더니 설무린의 검을 살짝살짝 옆으로 밀어냈다. 단 한 번이 아니다. 그의 손에 들린 검이 마치 생명이라도 가진 것처럼 사방으로 꿈틀댔다.

처음엔 아슬아슬하게 밀어내는 듯하다 얼마 지나지 않아 너무나 손쉽게 검을 밀어냈다.

설풍수라마검이 막혔다!

'강해!'

북해빙궁 이대검공의 하나인 설풍수라마검을 너무나 손쉽게 북해가 막아낸 것이다. 강할 거라고는 생각했지만 이 정도일 줄은 예상도 하지 못했다.

물론 전력을 다해서 펼친 것은 아니지만 설무린은 내심 놀랐다.

이상하다. 막은 것도 막은 것이지만 설무린보다 북해가 더 빠르게 움직이고 있다.

미리 검로를 알지 못했다면 불가능하다.

설무린이 검을 멈췄다.

그는 자신의 팔목을 어루만지며 말했다.

"북해, 설풍수라마검의 검로를 미리 읽어내는 것 같은데……."

움직이는 방향에 미리 가서 기다리는 검은 그렇지 않으면 설명할 수가 없다.

잠시 망설이던 북해가 고개를 끄덕였다.

"역시!"

기분 나빠할 줄 알았거늘 설무린은 오히려 안색을 환하게 밝혔다. 사실 수라환영이라는 초식을 점점 익힐수록 뭔가 갑갑함을 느꼈던 것이다. 그것이 무엇인지는 아직 모르겠지만 말이다.

검로가 읽혔다는 데도 불구하고 마냥 좋아하는 설무린의 모습에 북해는 내심 놀랐다.

'이자는… 검에 미쳤어.'

마치 자신의 검에 부족한 점이 있기를 바라는 사람 같다.

혼자 들떠 있던 설무린이 이내 북해에게 물었다.

"말해주시죠, 어떻게 제 검로를 읽을 수 있었는지."

"너무 틀에 박혀 있습니다."

"틀?"

"정해진 길로만 움직인다는 소리지요. 몇 번 검을 겨루다 보니 움직임이 훤히 보였습니다."

"거참."

설무린이 쓴 입맛을 다셨다.

빙주가 달려 있는 곳은 거의 비슷한 높낮이를 지녔다. 그것만 베다 보니 어느새 그것에 맞춰진 모양이다. 그리고 또 너무 검로를 따라 움직이는 것만 중요시했다.

덕분에 이런 일이 생긴 것이다.

"북해 덕분에 좋은 걸 알았습니다."

"아닙니다."

"그런데……."

갑자기 설무린이 말을 끌며 요상한 표정으로 북해를 바라봤다. 그러한 설무린의 태도에 북해는 불안한 표정을 지었다.

입꼬리를 살짝 말아 올린 그가 말했다.

"좀 도와주셨으면 하는 게 있는데……."

"무엇을……."

"빙석(氷石)을 조금 구해주셨으면 합니다. 북해동에 오래 계셨을 테니 아실 것 같은데요."

웃으면서 내뱉는 말에 북해의 표정이 슬쩍 일그러졌다. 빙석은 철을 연상케 하는 단단한 돌이다.

북해에서도 쉽사리 구할 수 없는 물건으로, 얼음으로 된 침상인 빙상을 만들고 남은 것이 북해동에 있다. 그것은 차가운 한기를 내뿜는 돌로 가격도 만만치 않은 물건이다.

그런 귀한 것을 구해달라고 하니 북해는 떨떠름한 표정을 지었다.

"그걸 어디다가 쓰시려고……."

"움직이는 과녁을 만들려는 겁니다. 빙석이 아니라면 제 검을 버티지 못하고 박살이 날 테니 말입니다."

"있기는 한데 이것을 함부로 드려도 될지 모르겠습니다."

"아버지께는 제가 잘 말할 테니 걱정하지 않으셔도 됩니다."

"…알겠습니다."

북해는 어쩔 수 없다는 듯이 승낙했다. 하지만 지금 그는 모르고 있다. 설무린은 설군표에게 이러한 일에 대해 일일이 보고할 인물이 아니라는 것을 말이다.

그것을 모르는 북해는 빙석을 가지고 오겠다며 자리를 떠났다.

"그럼 나도 슬슬 준비를 해볼까."

북해가 빙석을 준비하는 동안 설무린 또한 몇 가지를 찾아야 했다.

"그놈들이 있어야 할 텐데……."

설무린이 나지막하게 중얼거렸다.

북해가 빙석을 가지고 오는 데는 그리 오랜 시간이 걸리지 않았다.

빙석의 색깔은 보통의 돌과는 확연하게 달랐다. 빙석은 하늘을 머금은 것 같은 푸른빛이 쏟아져 나오는 신령석(神靈石)이다.

설무린이 있던 곳으로 돌아왔지만 그가 보이지 않는다. 어른의 상체만 한 빙석을 힘겹게 내려놓은 북해가 주변을 두리번거렸다.

"어디 간 거지?"

검도 보이지 않는다.

심부름을 시켜놓고 멀리 가지는 않았을 터인데…….

북해는 빙석 옆에 털썩 주저앉았다. 그가 손으로 돌을 툭툭 치면서 중얼거렸다.

"이놈으로 어떻게 과녁을 만든다는 건지 원."

단단한 만큼 무거운 녀석이다. 보통의 돌보다 갑절 이상은 무겁다. 그러한 사실을 설무린 또한 알 게다. 그는 이 빙석을 이용해 자신의 검을 틀에서 벗어나게 하려고 한다.

북해는 딱히 이 돌을 어떻게 사용하려는지 이해가 가지 않았다.

그때 멀리서 인기척이 느껴졌다. 빙석을 어루만지던 그가 시선을 돌렸다.

설무린이 모습을 드러냈다.

그는 손에 무엇인가를 주렁주렁 달고는 북해가 있는 곳을 향해 걸어오고 있었다.

거리가 가까워지자 북해가 입을 열었다.

"오셨습니까?"

"어디를 갔다고 오시는 겁니까."

"이놈이 빙석이군요?"

대답 대신 딴청을 부리며 설무린이 빙석을 어루만졌다. 그제야 북해는 설무린의 손에 들린 것의 정체를 확인했다.

"백사(白蛇)?"

"몇 놈 잡아왔지요."

백사다.

북해동에서도 살 수 있는 몇 안 되는 뱀으로 몸통은 눈처럼 하얗고, 눈동자는 피처럼 붉다. 독성도 있어서 물리게 되면 지독한 고열에 시달린다.

그런 놈을 한두 마리도 아니고 수십 마리나 잡아왔다.

"백사를 어니에 쓰시려는 겁니까?"

"보면 알 섭니다."

"혹 드시려고 잡아오신 건 아니겠지요?"

"설마요."

설무린이 어처구니없다는 표정을 지으며 소도 한 자루를 꺼냈다. 그가 뱀의 배를 소도로 쿡쿡 찔렀다. 질긴 껍질 탓인지 쉽사리 베어지지 않는다.

소도에 내기를 집어넣고서야 설무린은 백사의 배를 가를 수 있었다.

백사를 손보면서 설무린이 말했다.

"백사의 껍질은 질기죠. 이놈의 껍질을 쓸 겁니다. 이것으로 빙석을 묶을 겁니다."

"아무리 백사의 껍질이라도 이 빙석을 통째로 묶는다면 오래 버티지 못할 겁니다. 그리고 그게 어떻게 과녁이 되는지요."

"누가 이걸 통째로 묶는답니까? 빙석을 조각조각 내야지요. 사람 주먹만 하게 만들 생각입니다."

"이, 이걸 전부 말입니까?"

"물론."

설무린은 대수롭지 않다는 듯이 대답했지만 북해는 괴상망측하게 표정이 일그러졌다.

이 정도 크기의 빙석을 주먹만 하게 모두 만들어 버리겠다니. 대체 무슨 생각을 하는지 모르겠다. 속내를 도저히 알 수가 없다.

"북해, 좀 부숴주시죠, 전 할 일이 있어서. 아, 그리고 중앙에 새끼손가락이 간신히 들어갈 정도로 전부 구멍을 내주셨으면 합니다."

"끄응."

포기다. 이 사내의 속내를 알려고 드는 것 자체가 문제다. 그냥 시키는 대로 하면 결국 무슨 생각이었는지 알 수 있을 것이다.

그전에는 괜히 골머리 썩혀봐야 자신이 손해다.

북해는 검에 내기를 집어넣었다. 그의 검에서 푸른 빛이 쏟아졌다. 백사를 손질하면서도 설무린은 북해의 모습을 놓치지 않았다.

그의 손짓에 따라 빙석이 조각조각 나기 시작했다.

'역시.'

강하다.

빙석이라는 돌은 무인이라고 해도 쉽사리 쪼개기 어려운 물건이다. 그것은 철보다 단단하면 단단했지 못하지 않은 물건인 것이다. 그런 것을 마치 두부라도 자르는 듯이 잘라내고 있다.

'당신, 정체가 뭔지 궁금하군.'

아버지와 분명 무엇인가가 얽혀 있을 게다. 설무린은 다시금 시신을 돌려 백사의 배를 힘겹게 갈랐다.

얼마 지니지 않아 빙석을 주먹 정도의 크기로 모두 자른 북해가 다가왔다.

"다 끝났습니다."

"그럼 백사의 손질을 좀 부탁하죠. 또 하나 준비해야 할 게 있어서 말입니다."

자리에서 일어나며 설무린이 말했다.

북해는 그의 손에 들린 소도를 건네받았다. 북해는 방금 전까지 설무린이 하던 대로 백사의 배를 갈라냈다.

백사의 몸을 가르는 것에도 요령이 있다. 조금이라도 사선이 되면 백사의 몸을 가르는 건 상당히 어렵다. 정확하게 결을 따라 움직여야만 이놈을 손질할 수 있다.

그렇게 백사를 다듬던 북해는 곧 커다란 돌을 들고 오는 설무린을 확인했다. 설무린은 가져온 돌을 검으로 후려치기 시작했다.

쾅쾅!

빙석이 아닌 평범한 돌이었기에 그것은 쉽사리 쪼개졌다.

돌을 부수던 설무린의 손이 멈췄을 때 그곳에는 돌로 된 한 가지 물건이 생겼다.

넓지만 다소 얇은 판이다. 그리고 그 위에는 고리를 연결할 모양인지 둥그런 구멍도 있다.

설무린은 넓은 판 중간중간에 조그맣게 구멍을 내기 시작했다.

수십 개의 구멍을 낸 후에야 설무린은 하던 일을 멈췄다.

"백사는 전부 손질하셨습니까?"

"거의 다 했습니다만……."

무슨 짓을 하는지 알 수 없다는 듯한 표정이다. 설무린은 보기나 하라는 듯이 손질된 백사를 꼬아 동아줄처럼 만들었다.

그 두꺼운 백사로 만든 동아줄을 그는 위에 있는 고리에 연결했다.

그리고 손질한 백사를 하나씩 중간중간에 낸 구멍에 끼우기 시작했다. 북해는 그 모습을 옆에서 바라만 봤다. 바쁘게 손을 움직이던 설무린이 옆을 보지도 않으며 말했다.

"빙석 좀 가져다주시죠."

"아!"

옆에서 멍하니 서 있던 북해는 급히 자신이 잘라놓았던 빙석을 설무린의 옆에 가져다 놨다. 설무린은 손가락만 한 구멍에 백사로 만든 줄을 집어넣었다.

꾹꾹 쑤셔 넣어 반대쪽으로 뺀 설무린은 끝을 매듭지었다. 그렇게 다른 구멍에 똑같은 작업을 하고서야 그는 자리에서 일어났다.

"완성이군."

"이게 뭡니까?"

"말하지 않았습니까. 과녁이라고."

"……."

북해는 말없이 설무린이 만들어놓은 물건을 살폈다. 위에 긴 고리를 묶은 백사로 만든 동아줄은 분명 어딘가에 거는 용도로 쓰려는 듯했다.

거기다가 사방으로 묶여져 있는 빙석들.

설무린은 돌로 만든 판을 들어올렸다.

그는 동아줄의 중간 부분을 잡고 빙석을 툭툭 쳤다. 빙석이 튕겨 나갔다가 제 자리로 돌아오기를 계속해서 반복했다.

처음엔 장난을 치는 거라고 생각했지만 같은 행동이 계속되자 북해는 골똘히 설무린의 모습을 바라봤다.

퍼뜩 무엇인가가 머리를 스친다.

"설마……!"

"후후, 이놈을 북해동 천장에 매달 생각입니다. 백사의 껍질은 탄력성이 대단하죠."

백사의 껍질은 검으로 자르기 힘들다. 아까 전에 소도로 손질을 할 수 있었던 것은 그나마 결을 따라 갈랐기에 가능했다.

탄력성이 너무나 좋아 다소 늘어나기까지 하는 걸 이용할 속셈인 게다.

검으로 쳐낸 빙석은 뒤로 밀려날 것이다.

그렇지만 이내 다시 원래의 자리로 돌아오기 위해 화살처럼 쏘아져 날아올 것이다.

물론 그러기 위해서는 적정한 힘을 주어야겠지만 말이다.

그런 빙석이 스무 개가량이 달려 있다. 그 말은 곧 빙석 스무 개 모두를 사용하려는 생각이라는 소리다.

사방에서 빙석이 날아들 것이다.

하나를 막는 순간 뒤에서 또 날아든다. 힘도 제각각이라 어디로 날아올지 예측하는 건 불가능하다.

"어디가 좋을까."

북해동의 높은 천장을 두리번거리던 설무린의 눈이 멈췄다. 적당한 곳을 찾은 그의 몸이 망설이지 않고 허공을 도약했다.

천장에 있는 커다란 빙주 중 하나에 설무린이 손가락을 박아 넣어버렸다. 그 상태로 그는 다른 손에 들린 백사로 만든 동아줄을 묶기 시작했다.

틈이 있기에 동아줄은 쉽사리 풀리지 않을 게다.

설무린은 그대로 땅에 내려섰다.

"높이는 딱 알맞군요."

설무린은 자신이 예상한 것과 비슷한 높이에 떠 있는 빙석들을 보면서 말했다.

머리 부분, 허리, 하반신.

몸 전체가 위험에 노출되어 있다.

설무린이 검을 뽑아 들면서 북해를 바라봤다.

"한번 실험해 볼 테니 물러서시죠."

북해가 빙석의 간격에서 벗어나자 설무린이 빙석을 쳤다.

처음엔 슬쩍 옆으로 밀려날 뿐이었다. 하지만 재차 몇 번 빙석들을 치기 시작하자 그것들이 움직이기 시작했다.

동시에 설무린이 공중으로 솟구쳐 석판을 걸어찼다.

핑그르르!

미친 듯이 석판이 도는 것과 동시에 매달려 있던 빙석이 춤을 추기 시작했다.

설무린이 빙석을 강하게 후려쳤다.

피잉!

그의 검에 의해 반대쪽으로 쏘아졌던 빙석이 제자리를 찾기라도 하려는 듯이 매서운 소리를 토하며 돌아왔다.

설무린은 검을 들어 급하게 설풍수라마검의 사초식인 수라환영을 펼쳤다.

파악!

쳐냈다. 날아드는 빙석을 밀어내는 것과 동시에 설무린은 옆에 있던 다른 것도 동시에 후려쳤다.

이번에는 두 개다. 두 개가 한번에 설무린에게 날아든다. 약간의 차이가 있기는 했지만 쳐내는 데에는 무리가 없었다.

그리고 그 다음,

세 개째 빙석을 때리자 각각 약간의 시간 차를 두고 화살처럼 쏘아졌다.

그렇게 동시에 일곱 개의 빙석을 밀어냈을 때다.

일곱 개를 모두 밀어내고 다음 움직임을 보이려고 할 때 처음 것이 매서운 속도로 돌아왔다.

검의 방향을 비틀며 그것을 쳐냈지만 그 바로 다음 후속타가 빈틈을 치고 들어왔다.

퍽!

"큭!"

동시에 날아드는 빙석 사이에서 멈칫하는 사이 등을 맞아버렸다. 강철 이상 가는 강도를 지닌 돌이다.

꽤나 묵직하다.

하지만 이렇게 고통에 못 이겨 가만히 있을 시간은 없다. 아직도 무수히 많은 빙석들이 설무린에게 쏟아져 왔기 때문이다.

팡팡!

두 개를 동시에 쳐내면서 바로 수라환영 초식을 펼쳤다.

또다시 빙석이 설무린의 어깨를 후려쳤다. 그의 입에서 거친 음성이 터져 나왔다.

"망할!"

그렇지만 설무린은 검을 거두지 않고 계속해서 움직였다.

빙석에 계속해서 맞으면서도 멈추지 않는 설무린을 북해는 조용히 바라봤다.

저 사내는 이미 자신을 잊어버렸다.

검에 빠져 북해라는 사람이 옆에 있다는 사실을 까맣게 잊어버린 게 분명하다.

무서운 집중력이다.

그의 시선은 오직 날아드는 빙석에만 고정되어 있다. 아무런 잡념도 생각도 느껴지지 않는다.

지금 설무린이라는 사내의 세계에는 오로지 검과 자신만이 있을 뿐이다.

검귀가 될 게다. 만난 지 얼마 되지도 않은 사이이거늘 북해는 그런 알 수 없는 확신을 가졌다.

그가 천천히 몸을 돌려 자신의 거처로 돌아가며 과거를 회상했다. 말은 하지 않았지만 북해와 설군표는 아주 깊은 인연이 있는 사이다.

둘은…….

'궁주, 재미있는 아이를 구하셨습니다.'

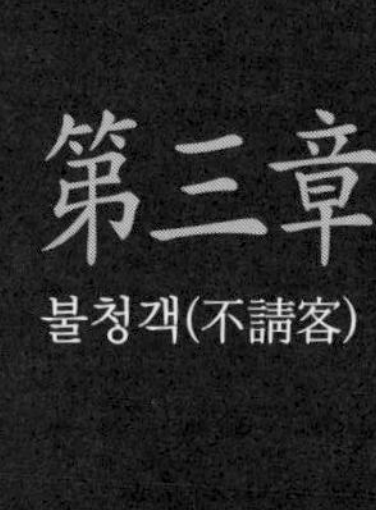

第三章

불청객(不請客)

설무린과 헤어진 지 또다시 정확하게 열흘이 흐른 후였다.
아침 식사를 마친 북해가 자리에서 일어났다. 아직 식사를 하
고 있던 그의 여식이 북해를 바라봤다.

그녀가 막 옷을 챙겨 입는 북해에게 어렵사리 말을 꺼냈다.

"소궁주님을 뵈러 가는 건가요?"

"그래. 혹 늦으면 기다리지 말고 밥 챙겨 먹어라."

"예, 그렇게 할게요."

"그럼 다녀오마."

말을 마친 북해가 문을 열고 밖으로 걸어나갔다.

그녀는 말없이 소매 속에 넣어둔 팔찌를 만지작거렸다. 여

인의 눈동자가 흔들렸다.

무엇인가 고민에 빠진 모습이다.

북해가 설무린이 지내는 빙상의 근처에 왔을 때 그는 막 벽곡단을 꺼내서 먹고 있었다.

설무린은 북해가 온 것을 알아차렸는지 옆으로 고개를 돌렸다. 북해가 머리를 조아렸다.

"아아, 오셨군요."

말을 하면서 벽곡단을 씹어 먹는 설무린을 보며 북해는 놀람을 금치 못했다. 그의 얼굴이 상처로 가득하다. 그 말인즉슨 옷 때문에 보이지 않는 몸은 더더욱 심각할 거라는 소리다.

"많이 다치신 것 같습니다."

"후후!"

짧게 웃음을 흘린 설무린이 석판 아래로 들어갔다. 그가 천천히 검을 뽑아 올렸다. 그리고는 북해에게 자신을 보라는 듯이 가볍게 발을 툭툭 굴렸다.

검이 쏟아졌다.

타타탕!

단숨에 세 개의 빙석을 쳐낸 그의 신형이 다시금 움직였다. 세 개에서 여섯 개로, 그리고 아홉 개…….

사방에서 쏟아지는 빙석을 설무린이 쳐내기 시작했다.

설풍수라마검의 수라환영 초식이 자연스럽게 펼쳐졌다. 그의 검에 의해 빙석이 연신 뒤로 튕겨 나갔다.

그 숫자가 열 개를 넘어서더니 이내 열다섯 개가량을 능수능란하게 상대했다.

북해는 설무린의 움직임이 열흘 전과는 비교도 되지 않을 정도로 좋아졌음을 단번에 알아차렸다.

그때는 채 열 개의 빙석을 받아내지 못했다.

겨우 몇 개 차이가 아니냐고 생각할지도 모르겠지만 그건 틀린 생각이다. 일정 수준을 넘어선 후부터는 하나가 늘어난다는 것이 그 배에 가깝게 어려운 일이다.

무엇보다 중요한 것은 설무린의 검이 틀을 벗어났다는 데 있다. 그의 설풍수라마검이 이제는 자유의 맛을 본 것이다.

한바탕 신바람 나는 검무를 추던 설무린이 빙석의 간격에서 빠져나왔다. 그가 검을 허리춤에 다시 넣으며 북해를 바라봤다.

"아직 열다섯 개가 고작이지만."

"아, 아닙니다. 열흘 만에 이 정도라니 소인으로서는 놀라울 뿐입니다."

"칭찬은 그만 됐습니다."

설무린이 말을 잘라 버렸다.

사람인 이상 칭찬이 싫을 턱이 있겠는가. 하지만 예전부터 그는 칭찬을 들으려고 하지 않았다. 아무리 대단한 일을 해내도 설무린은 담담하게 행동했다.

칭찬은 독이다.

그 당시에 기분이 좋을지는 몰라도 언젠가는 그 때문에 나태해지는 일이 벌어질지도 모른다.

때문에 설무린은 극단적으로 칭찬을 꺼려 했다.

"북해."

"예, 소궁주님."

"아버지의 수라환영도 보았습니까?"

"물론입니다."

"비교한다면?"

"궁주님이 두 수 이상 앞서십니다."

대답하는 데 북해는 전혀 망설임을 보이지 않았다. 그리고 그러한 말을 들었음에도 불구하고 설무린은 그럴 줄 알았다는 듯한 표정을 지어 보였다.

그렇지만 이내 설무린이 장난스럽게 말했다.

"북해, 처음에는 내 앞에서 말도 잘 못하더니 이제는 내 실력이 아버지보다 떨어진다고 쉽게도 말하시는군요."

"소궁주님께서 제가 거짓말을 하는 걸 원치 않으신 걸 알기 때문입니다."

"이거야 원."

설무린이 고개를 저으면서 픽 하고 웃어버렸다.

이런 곳에서 썩기에는 너무나 아까운 인물이다. 아직 정확한 무공의 경지도 모른다. 어떠한 사람인지도 전부 파악하지 못했다.

하지만 아까운 자임은 분명하다.

열어놓은 벽곡단의 뚜껑을 닫고 난 후에 설무린이 말했다.

"그럼 슬슬 시작해 보죠."

"예."

"미리 말해두지만 며칠 전과는 다를 겁니다."

굳이 말하지 않아도 알고 있다. 북해 또한 검을 뽑아 든 채로 설무린의 앞에 섰다.

뿜어져 나오는 기세.

팍!

시작부터 설무린은 수라환영을 펼쳤다. 처음 날아드는 검을 막아내기가 무섭게 북해는 뒤로 물러섰다.

'간격을 벌려야 한다.'

예상대로 검이 북해를 뒤쫓아 날아들었다.

파팡!

강한 부닥침에 이은 떨림이 손목을 시큰하게 만들었다. 예전에는 검로를 쉽게 읽을 수 있어 미리 방비를 하는 게 가능했다. 그렇지만 지금은 그때와 달랐다.

여유가 사라져 버렸다.

'위?'

목을 노리고 날아들 거라고 생각했거늘 검이 비틀려 허리를 노리고 날아든다.

웬만한 무인이라면 그 검로를 쫓는 것조차도 무리일 텐데 북해는 그 공격을 용케도 막아냈다.

설무린은 자신이 준비한 한 수를 북해가 쉽사리 막아내자 오히려 신이 났다.

'전력을 다해도 되겠군!'

손속에 사정을 둘 필요가 없는 상대다. 설무린은 자신의 모든 것을 보여주기라도 하려는 듯이 수라환영을 쏟아냈다.

검이 한 개에서 두 개로, 그리고 이내 열 개로 변해간다.

사방을 뒤덮는 검의 환영이 세상의 모든 것을 베어 넘길 듯하다. 한데 그러한 공격을 북해는 최소한의 움직임으로 막아내고 있다.

손이 아플 정도로 수라환영을 펼치던 설무린이 검을 멈췄다.

"헉헉!"

숨이 거칠다.

그는 눈앞에 있는 북해라는 사내를 바라봤다. 다소 지친 듯하지만 자신에 비하면 상당히 멀쩡한 편이다.

"북해."

"예, 소궁주님."

"일부러 공격을 안 하시더군요."

"제가 어찌 소궁주님께……."

“칭찬도 하지 말고 봐주지도 않으셨으면 합니다.”

설무린이 북해를 뚫어져라 쳐다봤다. 그 시선이 사뭇 부담스럽기도 하련만 북해는 고개를 돌리지 않았다. 자신을 바라보는 설무린의 눈에서 투쟁심을 읽었다.

무인이라서다.

지더라도 그 패배를 훌훌 털고 일어나 앞으로 나아가는 자이기 때문이다.

“그리하겠습니다.”

“북해는 빙궁에 있는 노인네들처럼 고리타분하지 않아서 맘에 들어.”

누군가를 생각한 것마냥 설무린이 손사래를 쳤다.

자리에 앉아 잠시 숨을 돌리던 그가 퍼뜩 무엇인가가 생각난 것처럼 물었다.

“아, 이곳에 설족이 모여 사는 곳이 있다던데요. 북해도 그곳에 사십니까?”

“그렇습니다.”

“인원이 얼마나 됩니까?”

“백 명가량 됩니다.”

“호오!”

현재 북해빙궁에 남은 설족의 숫자가 얼마 되지 않음을 감안한다면 백 명은 어마어마한 숫자다. 설족의 반수 이상이 이곳 북해동에 있다는 소리다.

북해동은 엄청난 크기를 지닌 동굴이다.

그 탓에 설무린은 이곳에서 지내면서 북해와 그의 딸을 제하고는 단 한 번도 다른 자를 만난 적이 없다.

아니, 애초에 설족을 만난다는 것 자체가 이상한 거다. 설무린이 머무는 이곳은 설족 역시 다가올 수 없다.

북해와 만나게 된 것은 천운이다. 만약 그의 딸이 이곳에 몰래 오지 않았더라면 지금 설무린은 북해를 만나지 못하고 혼자 골머리를 썩고 있었어야 할 게다.

"그 인원이 이 북해동에서 무엇을 먹고 삽니까?"

"북해빙궁에서 생필품 정도는 지원을 해주는지라……."

"그렇군요. 흐음."

북해동은 커다란 공간이기는 하지만 동굴이다. 햇빛이 드는 곳이라고는 가장 안쪽에 있는 그곳뿐이다.

햇빛조차 제대로 들지 않는 곳에서 살아갈 수 있는 생명체는 극히 드물다. 밖에서의 원조가 없으면 북해동에서 평생을 산다는 것은 불가능한 일이다.

뭔가 재미있는 것이라도 생각난 것처럼 두 눈을 빛내던 설무린이 북해에게 말했다.

"오랜만에 벽곡단이 아닌 음식을 먹고 싶은데 그곳에 가도 되겠습니까?"

"그거야 상관은 없지만……."

뭔가가 걸리는 것이 있는지 북해가 말끝을 흐렸다. 그걸 알면서도 설무린은 자리에서 벌떡 일어났다.

"가죠."

"……."

"제가 앞장섭니까? 전 길을 모르는데요."

"앞장서지요."

말을 마친 북해는 어쩔 수 없다는 듯이 앞장서서 걷기 시작했다. 뒤에서 따라 걷는 설무린의 발자국 소리가 들린다.

그가 가서 행패를 부릴 거라는 생각 때문이 아니다.

설무린은 설족인 자신에게도 존대를 하는 자다. 다른 자들이었다면 초면에 반말부터 내뱉었을 거다. 더군다나 설무린의 신분은 북해빙궁의 소궁주다.

다음 대 궁주가 될 자라는 소리다.

문제는 설무린이 아니다. 오히려 설족의 인물들에게 있다.

설족은 버려진 자들이다. 그 탓에 대부분이 북해빙궁의 인물들에게 깊은 원한을 지니고 있다.

나이가 지긋한 자들이라면 그나마 괜찮다. 하지만 아직 뜨거운 피를 가진 젊은 자들은 자신들이 이곳에 갇혀서 살아야한다는 걸 쉽사리 인정하지 못하고 있다.

설무린을 보고 좋지 않은 언행을 취할까 그게 걱정인 것이다.

'그 녀석들이 함부로 해서는 안 될 터인데…….'

그런 그의 걱정을 아는지 모르는지 설무린은 시종일관(始

終一貫) 여유 넘치는 얼굴을 하고 있다.

　설족의 마을은 북해동 아주 구석에 위치했다.
　백여 명이 산다고 들은 것에 비해서는 아주 초라해 보이는 마을이다. 사람이 살고 있다는 것이 오히려 신기하다는 생각이 들 정도다.
　"여깁니까?"
　"누추하지요."
　"뭐."
　설무린은 입에 발린 소리도 하지 않았다. 그는 그런 사내이기 때문이다. 그렇지만 설무린은 그러한 곳을 거리낌없이 들어섰다.
　마을에는 수많은 자들이 있었다. 그들의 눈은 애초에 설무린이 마을 입구에 나타났을 때부터 집중됐다. 그렇지만 아무도 먼저 말을 꺼내지 않았다.
　저자는 설족이 아니다.
　그러한 것을 직감적으로 느꼈기 때문이다.
　설족이 아니면서 이곳에 온다는 것은 그림자무사를 구한다는 소리밖에 되지 않는다.
　"으드득."
　집과 집 사이에 서 있던 사내 하나가 이를 간다. 덩치가 산만 하고 주먹은 마치 솥뚜껑을 연상케 한다. 꽉 쥐어진 주먹에서 힘줄이 도드라지게 보인다.

먼저 마을에 들어선 설무린의 뒤를 북해가 황급히 뒤쫓았다. 그가 설무린의 옆에 서서 이야기를 나누면서 걷자 사람들의 얼굴에도 점점 의아함이 싹트기 시작했다.

평소 다른 자들을 대하던 것과 다소 태도가 달랐던 것이다.

북해는 자신의 옆에 서서 주변을 두리번거리는 설무린에게 자잘한 것들을 이야기하기 시작했다.

"이 마을에 있는 자들이 모두가 설족입니다."

"시선이 곱지 않군요."

"아, 아마 그림자무사를 구하러 온 자라고 생각한 듯합니다."

설무린은 자신에게 쏟아지는 곱지 않은 시선을 오히려 즐기는 것 같았다.

아무도 대놓고 불만을 토해내지 못하고 설무린을 힐끔거리며 바라만 볼 뿐이다.

"그림자무사를 구하러 오는 자들이 자주 옵니까?"

"예전에야 그랬다지만 요즘에야 설족의 존재 자체를 잊고 지내는 자들이 더 많은지라…… 그래도 몇 년에 한 번쯤 이곳에 나타나 그림자무사를 데리고 가곤 합니다."

"그림자무사로 뽑히는 것을 싫어하는 모양입니다."

그렇지 않고서야 이렇게 처음 보는 사람에게 배타적인 모습을 보일 리가 없다.

다소 이해가 가지 않는다.

이곳 북해동에 사는 설족이 바깥으로 나갈 수 있는 유일한 방도는 바로 그림자무사가 되는 길이다. 물론 그림자무사가 된다면 죽기 전에는 다시 이곳으로 돌아올 수 없다.

그림자무사가 되면 죽을 공산이 크다.

하지만 반드시 죽는다는 보장도 없다. 실질적으로 바깥에서 늙어서 죽을 때까지 살다 간 설족들도 있지 않은가.

바깥 세상에서 살기 위해서라면 그 정도 위험을 감수하는 자도 있을 법도 한데.

"나라면 목숨 한번 걸고 바깥에 나가도 볼 것 같은데요."

"그것이……."

뭔가 애매하다는 듯이 북해가 말을 하지 못했다. 설무린은 그러한 모습에서 뭔가 말하지 못할 게 있음을 알았지만 더는 캐묻지 않았다.

몇 발자국 걸어가던 설무린이 고개를 옆으로 돌리며 씩 웃었다.

"이봐, 너."

"…나 말이오?"

"그래, 너."

덩치가 커다란 사내가 두 눈을 부라리며 설무린을 바라봤다. 아까 전부터 벽에 기댄 채로 그를 노려보던 사내다.

북해는 설무린 몰래 그 사내를 향해 눈짓을 했다. 함부로 행동하지 말라는 표시다.

"아까부터 날 자꾸 바라보던데, 이유라도 있어?"

"뭐, 당신 등에 달린 검이 탐나서일 뿐이니 오해 마시오."

거구의 사내는 말을 돌리려는 듯이 빙마몽환검을 이야깃거리로 끄집어냈다.

그 순간 전혀 예상치도 못하게 북해가 노한 목소리로 소리쳤다.

"이놈! 어디서 함부로 말을 내뱉는 게냐!"

"부, 북해, 왜 그러십니까?"

북해가 이토록 격노하면서 소리치는 모습은 생전 처음 본 사내는 크게 당황했다.

그의 목소리가 북해동을 쩌렁쩌렁 울렸다.

"이분은 북해빙궁의 소궁주님이시다! 시답지 않은 장난질 따위는 집어치워라!"

"……!"

북해빙궁의 소궁주라는 북해의 외침에 마을에 있던 모든 자들이 털썩 무릎을 꿇었다.

다른 자도 아니고 북해빙궁의 소궁주란다. 얼굴을 마주하는 것 자체도 어려운 상대인 것이다.

북해는 아직도 화가 풀리지 않았는지 부들부들 떨었다.

뭔가 크게 노한 기색이 역력하다. 그렇지만 정작 그가 화가 난 이유는 북해 스스로가 말한 것이 전부가 아니었다. 다른 어떠한 이유가 있었던 것이다.

"소궁주님, 못난 놈이 말을 함부로 하였습니다. 용서하여 주시옵소서."

"다들 일어나라고 해주시죠. 제가 이런 거 좋아하지 않는 걸 아시지 않습니까."

"자자, 소궁주님의 말씀을 들었는가? 모두들 일어나시게!"

사람들은 머뭇거리다가 이내 하나둘씩 자리에서 일어났다. 설무린은 모두가 자리에서 일어나자 가볍게 고개를 숙였다.

사람들은 놀라 기겁했다.

북해빙궁의 소궁주가 고개를 숙였다, 그것도 설족인 자신들의 앞에서.

고개를 든 설무린이 주변을 둘러보면서 말했다.

"저에게 취하는 최대한의 예는 이 정도면 됩니다. 그 이상은 하지 않으셨으면 하는데요."

아무런 말도 없다. 다른 사람도 아닌 다음 궁주가 될 사내다. 어찌 쉽사리 입을 열 수 있겠는가.

그들의 태도를 보면서 설무린은 어쩔 수 없다는 생각을 했다. 이들은 이렇게 살아오던 자들이다. 하루아침에 바꾸려 드는 것 자체가 문제가 있는 것이다.

"북해, 당신의 집이나 한번 가보죠."

"그러지요."

북해가 앞장서서 터벅터벅 걸었다. 설족은 지나가는 설무린의 얼굴에서 시선을 떼지 못했다.

북해의 거처는 마을의 가장 외곽 부근에 위치해 있었다. 그가 문을 열고 안으로 들어서며 말했다.

"안으로 드시지요."

"흐음."

안으로 성큼 들어선 설무린이 방 안 전경을 살폈다. 텅 비었다는 느낌이 들 정도로 방 안에 있는 물건은 몇 되지 않았다.

그때 안쪽에서 누군가가 휘장을 걷으며 나타났다.

"아버지, 늦으신다더니 벌써 오……."

말을 하던 여인이 입을 닫아버렸다. 옆에 서 있는 설무린 때문이다. 갑작스러운 목소리에 고개를 돌리던 설무린은 놀란 표정으로 굳어 있는 그녀를 발견했다.

"잘 지냈느냐."

"…예."

그녀는 황급하게 고개를 숙였다.

설무린은 북해를 바라보면서 말했다.

"따님은 북해를 닮지 않은 것 같습니다. 북해는 이제 절 보고도 담담하게 행동하는데 말이죠."

"저 아이는 설족이 아닌 자를 자주 보지 못해서 그런 것 같습니다."

“아, 그러고 보니 이름도 모르는군요.”

“설족에게는 이름이…….”

“북해, 거짓말 안 하셔도 됩니다.”

이렇게 부락이 지어져 있다.

백여 명에 달하는 자들이 같이 생활한다고 한다. 그런데 이름이 없을 수가 있겠는가. 분명 이름이 있음에도 불구하고 자신에게 함부로 말하지 못하는 것이다.

잠시 머뭇거렸지만 북해는 속일 수 없다고 판단했는지 솔직히 털어놨다.

“제 성을 따와 북설(北雪)이라고 부르고 있었습니다.”

“북설이라……. 좋군요.”

그 말에 고개를 숙이고 있던 북설의 얼굴이 새빨갛게 변했다. 단 한 번도 자신의 이름이 좋다고 생각해 본 적이 없었다.

설족은 이름을 지을 때 설(雪)이라는 글자를 넣는 걸 좋아하지 않는다. 설족이라는 저주받은 이름 때문에 설이라는 글자 자체를 싫어하게 된 건지도 모르겠다.

손가락질받던 이름이었거늘 생전 처음 좋다는 말을 들었다.

“다소 이르긴 한데 식사를 하시겠습니까?”

“그러죠.”

“설아, 신경 써서 만들어 오려무나.”

“아, 알겠어요.”

북설은 후닥닥 안쪽으로 사라졌다.

설무린과 북해는 식탁에 앉았다. 둘 다 아무런 말도 하지 않고 있지만 왠지 어색하지 않다.

가만히 앉아 있던 북해가 송구스럽다는 듯이 말했다.

"차라도 있다면 대접을 해드리고 싶은데……."

"괜찮습니다. 공짜로 밥을 얻어먹는 것 자체가 실례지요."

"아닙니다. 원하신다면 언제든지 식사를 하러 오셔도 됩니다."

"후후! 나중 가서 나중에 언제 그랬냐고 하시면 곤란합니다."

"서, 설마요."

북해가 자신도 모르게 슬쩍 웃다가 이내 표정을 굳혔다. 아무리 편하게 대한다고 해도 상대는 북해빙궁의 소궁주다. 어려움이 다소 사라졌다고 해도 함부로 웃을 수 없다.

그때 설무린이 말했다.

"웃음을 숨기면 병이 됩니다. 그래서 전 항상 웃지요. 물론 그 웃음 때문에 종종 싸움이 벌어지기도 하지만. 제가 웃으면 무섭다고들 하더군요. 큭큭!"

재미있다는 듯이 웃는 설무린의 모습은 철이 없는 어린아이와도 같았다. 하지만 결코 아무런 생각이 없이 살아가는 이가 아니다. 그러한 자가 이 같은 웃음을 흘릴 수 있다는 것은 무서운 것이다.

북해가 참았던 웃음을 흘리면서 말했다.

"소궁주님은 정말 속내를 알 수 없는 분이십니다."

"북해에게 들은 그 말을 아버지한테 골백번은 들었을 겁니다."

"소궁주님이 그러한 분이시기 때문이지요. 궁주님은 사람 하나는 잘 보시는 분이니까 말입니다."

"이거야 원, 둘이서 절 속이 엉큼한 악당으로 만들어 버리는군요."

"아! 그런 말은 아니었습니다."

둘의 대화는 길어졌다.

무공에 대한 대화도 아니다. 그저 아무런 내용도 없는 우스갯소리가 대부분이었다.

나이는 두 배 이상 차이가 난다.

신분의 차는 더더욱 크다.

한 명은 북해빙궁의 다음 궁주가 될 사내, 그리고 한 명은 태어날 때부터 가장 천한 족속인 설족이다. 그런 둘이 지금 이 순간만큼은 허심탄회(虛心坦懷)하게 장난을 치고 있는 것이다.

한참을 떠들던 설무린은 구수한 냄새에 배를 만지며 말했다.

"너무 떠들었더니 배가 고프군요. 그놈의 벽곡단은 굶어 죽게는 안 해주는데 쉽사리 배가 꺼지죠."

“벽곡단이 직접 만든 음식만 하겠습니까.”

“구수한 냄새가 나는군요.”

“어릴 때부터 집안일을 도맡아 하던 아이라 음식 솜씨 하나는 괜찮습니다.”

북해가 말을 끝내기가 무섭게 북설이 쟁반 하나에 음식들을 받쳐 들고 걸어나왔다.

딴에는 준비한다고 한 것이겠지만 평소 바깥에서 설무린이 먹던 음식에 비하면 너무나 볼품없는 것들이었다.

북해가 죄송스럽다는 듯이 말했다.

“드릴 것이 이것밖에 없어 죄송합니다. 나름대로 준비한 것인데…….”

“뭐가 죄송하다는 겁니까? 이 정도면 진수성찬인데.”

말을 마친 그가 북설이 해온 음식을 먹기 시작했다. 음식 하나를 집어먹은 설무린이 옆에 서 있는 북설을 올려다보며 말했다.

“솜씨가 괜찮다더니 정말이구나. 덕분에 굶어 죽지 않게 생겼다. 고맙다.”

“아, 아닙니다.”

북설은 황급히 고개를 흔들었다. 설무린은 무슨 말만 하면 얼굴이 새빨갛게 변하는 그녀를 재미있다는 듯이 쳐다봤다.

그렇지만 이내 그는 시선을 돌리고 식사를 시작했다.

북해와 가벼운 담소를 나누며 식사를 하던 때였다. 바깥에서 발자국 소리가 났다. 같은 자인 것이 분명한데 연신 방 밖을 왔다 갔다 하고 있다.

설무린이 북해를 바라봤다.

그가 고개를 끄덕였다.

자리에서 일어난 북해가 문을 열자 바깥에서 안절부절못하던 사내가 화들짝 놀랐다.

북해가 갸우뚱하면서 물었다.

"자네, 무슨 일인가?"

"부, 북해, 그자가 왔네."

"그자라니?"

"있잖은가. 그……."

말을 하던 중년의 사내는 안쪽에 앉아 있는 설무린이 자신을 쳐다보자 말문을 멈추고 움츠러들었다.

그라는 말에 무엇인가를 생각해 내려던 북해의 얼굴에 슬쩍 노기가 어렸다.

"두일해(杜一海)?"

"그, 그래. 그자가 왔네."

"망할 놈 같으니라고."

북해가 나지막한 목소리로 중얼거렸다. 조그마한 목소리였지만 문 쪽을 예의 주시하던 설무린이 듣지 못했을 리가 없다.

그가 이렇게 증오에 찬 듯한 목소리를 내뱉은 것이 처음이었기에 설무린은 내심 관심이 가기 시작했다. 그리고 두일해라면 설무린 또한 아는 이름이기 때문이다.

북해빙궁의 권력자 중 하나.

음광도(陰光刀) 두일해.

두일해 그가 이곳 북해동에 모습을 드러낸 것이다.

"또 그림자무사를 데리고 가겠다고 하던가?"

"우선 마을에 있는 모두를 모이라고 하던데……."

으득.

북해는 뒤를 돌아보고는 자신의 딸을 불렀다.

"설아, 잠시 나랑 다녀오자꾸나. 소궁주님, 잠시 자리를 비우겠습니다."

"같이 가시죠."

"아닙니다. 소궁주님이 저희 설족이랑 어울리는 걸 보면 그리 좋게 보지 않을 것입니다."

설무린은 아무런 말도 하지 않고 자리에 앉아 북해를 바라봤다.

이렇게 안 것인가.

두일해는 북해빙궁의 궁주인 설군표와 사이가 좋지 않은 인물이다. 그는 호시탐탐 설군표를 깎아내리려고 하는 자다.

북해의 어투는 마치 그 사실을 아는 듯했다.

그가 담담하게 말했다.

"아무 일도 없을 것입니다. 그럼 다녀오겠습니다. 설아,

가자.”

북해는 북설과 함께 문을 닫고 사라졌다.

설무린은 가만히 자리에 앉아 음식들을 바라만 봤다. 입맛이 싹하니 사라졌다.

듣기 싫은 이름을 들은 탓이다.

그리고 막 북해를 따라나서는 북설의 눈동자가 떨리는 것도 설무린은 놓치지 않았다.

뭔가 기분이 좋지 않다.

드륵.

의자가 뒤로 밀려났다.

“가만히 있는 건 내 적성에 안 맞는단 말이야?”

설무린이 굳게 닫혀 있는 문을 열고 밖으로 걸어나갔다.

설족 부락이 모여 사는 이곳의 중앙에는 조그만 공터가 하나 있다.

그 공터로 이곳에서 사는 모든 설족이 모였다. 설족의 표정은 한눈에 봐도 알 정도로 곱지 않다. 설무린이 나타났을 때와는 비할 수도 없을 정도로 노골적으로 싫은 표정이다.

설족의 두일해에 대한 감정이 잘 드러나는 부분이다. 이내 공터의 중앙에 두일해와 그의 수하들이 모습을 드러냈다.

부리부리한 눈에 오만한 표정.

사십대 중반의 나이로 평소 여색을 밝히기로 유명한 자다.

그의 거만함은 북해빙궁에서도 소문이 자자할 정도다.

뒷짐을 진 채로 두일해가 어슬렁거리며 앞으로 걸어갔다. 그의 입가에 보일 듯 말 듯한 미소가 걸려 있다.

"허허, 잘들 지냈는가? 모두 건강해 보여서 기분이 좋으이."

두일해가 웃자 설족 사람들은 오히려 표정을 일그러뜨렸다. 보기만 해도 구토가 밀려오는 미소다.

화가 치솟았지만 아무도 나서지 못했다.

설족의 반항은 곧 죽음을 의미한다.

두일해의 시선이 설족의 사람들을 가볍게 한번 훑었다.

그의 안광이 스리슬쩍 빛났다.

두일해의 입에서 안타까운 한숨이 흘러나왔다. 고개를 절레절레 흔들며 그가 말했다.

"후, 얼마 전에 데려갔던 아이가 나를 위해 죽었어. 정말 안타까운 일이야."

예상했던 대로다.

숙연히다는 듯이 고개를 숙였지만 설족 사람들의 두 눈에는 불똥이 튀었다. 아무도 두일해의 말을 믿지 않는다.

안타깝다고? 웃기지도 않은 소리다.

두일해는 일 년에 한 번 정도 이곳에 와서 그림자무사를 뽑아갔다.

처음 그가 북해동에 나타난 것은 오 년 전이다.

조용했던 북해동에 바람이 불었다. 그림자무사로 살아가는 것이기는 하지만 밖으로 나갈 수 있다. 평생을 북해동에 갇힌 채로 살아야 하는 이들이게는 무척이나 매혹적인 일이다.

많은 자들이 두일해를 따라 나가기를 희망했다.

하지만 그는 여인 하나를 데리고 갔다.

그로부터 일 년 정도 지나 두일해가 다시 북해동에 나타났다. 그는 그림자무사로 데리고 나갔던 여인이 죽었다며 안타까워했다.

설족 모두는 두일해의 말을 곧이곧대로 믿었다. 그때 그는 다시금 설족의 여인 하나를 데리고 나갔다.

그리고 또…….

두 번까지는 그렇다고 쳤다. 그것이 세 번째가 되는 순간 설족은 의심을 가지기 시작했다. 굳이 여인을 고집하는 것도 이상한 일이다.

그림자무사를 뽑아가는 것도 무공이 아닌 미모를 본다.

무사를 뽑는 것인가, 아니면 술집의 기녀를 뽑는 것인가?

너무 늦게 알아버렸다.

두일해가 데리고 가는 여인은 그림자무사가 되지 못했다. 그녀들은 아마 두일해의 장난감이 되었을 게다.

알아버렸지만 방도가 없다. 확신한 증거가 있는 것도 아니고, 증거가 있다고 해도 어떻게 할 수 있는 상대도 아니다.

“그래서 새로 그림자무사를 한 명 뽑아가려고 하는 데…….”

매번 한치도 다름없는 순서다. 분명 두일해는 이 안에서 가장 미모가 빼어난 여인을 한 명 데리고 가려고 할 것이다.

그때 누군가가 부들부들 떨리는 목소리로 앞으로 나섰다.

“어르신, 제가 가고 싶습니다.”

“응?”

두일해는 앞으로 나선 자를 쳐다봤다.

꽤나 잘생긴 사내다. 푸근해 보이는 인상을 지닌 사내이지만 지금 이 순간만큼은 얼굴이 터질 것같이 붉다.

“자네의 뜻은 알겠지만 내게 필요한 것은 여자 그림자무사라서 말이야.”

“제가 나가서 화영이를 죽인 놈에게 복수를 하고 싶습니다.”

“화영이?”

두일해가 반문했다.

누구냐는 듯한 그의 어투에 사내는 애써 분노를 감추며 말했다.

“죽었다는 그림자무사의 이름입니다. 모르셨습니까?”

“설족에게 이름이 어디 있느냐.”

추궁하듯이 묻자 두일해가 인상을 찡그렸다.

그의 눈은 마치 징그러운 벌레라도 본 것 같았다. 사내가 부들부들 떨기 시작했다.

'위험해.'

북해는 사내를 바라봤다. 한눈에 봐도 그가 분을 이기지 못하고 있다는 것을 알 수 있었다.

화영이는 바로 그의 여동생이었다. 그녀가 두일해에게 끌려갔을 때 그가 얼마나 울었던가. 그래도 살아 있기만을 바라며 하루하루를 살아온 사내다. 그런 그의 마지막 희망이 부서졌다.

목숨을 걸고 달려들지도 모른다.

"더는 귀찮게 하지 말아라."

"이, 이 씹어먹을 새끼!"

화가 폭발했다.

욕설과 함께 사내가 움직였다. 예상했던 것마냥 두일해의 양옆에 있던 호위무사가 길을 막아섰다.

하지만,

퍼퍽!

사내의 손이 두 명의 호위무사의 가슴을 후려쳤다.

"컥!"

놀랍게도 빠른 손속에 두 명의 무사가 그대로 나뒹굴었다. 호위무사를 쓰러뜨리기가 무섭게 두일해를 향해 몸을 날렸다.

"두일해!"

그의 입에서 악이 찬 음성이 터져 나옴과 동시에 쌍장이 휘둘러졌다.

"후후, 이 벌레 같은 놈이."

가볍게 벌려진 두일해의 입에서 비웃음이 새어 나왔다. 사내의 무공은 분명 강했다. 그렇지만 아직 그는 두일해의 상대가 되기에는 너무나 모자랐다.

두일해는 북해빙궁 내에서도 알아주는 고수.

그의 쌍장(雙掌)이 움직였다.

한줄기 차가운 바람이 주변을 휩쓸었다. 사내 또한 급히 두 손을 휘저었지만 그것은 무모한 발악에 불과했다.

바람에 휩쓸린 낙엽마냥 사내의 몸이 허공을 날았다.

쾅!

땅에 처박힌 채로 사내가 부들부들 떨었다. 입에서는 피가 터져 나왔고, 온몸에 잔 경련이 인다.

"몽현(夢玄)아!"

북해가 소리를 지르며 쓰러진 사내에게 몸을 날렸다.

몽현이라고 불린 그는 제대로 움직이기도 힘든 상태가 되어버렸다. 그럼에도 불구하고 몽현의 눈빛은 결코 죽지 않았다.

증오의 찬 눈동자에서는 아직도 지지 않겠다는 독기가 느껴진다.

"몽현? 하하, 서로 이름을 짓고 부르고 있었던 모양이군.

천한 설족 주제에 이름이라니… 어처구니없는 일이군.”

“어르신, 제발 그만 하십시오.”

북해는 애써 분노를 내리누르며 말했다.

마음 같아서는 당장이라도 싸우고 싶지만 그래서는 안 된다. 이곳 북해동에 설족의 부락을 만들기 위해 얼마나 노력했던가. 힘겹게 이루어낸 꿈이다.

그것을 무너뜨릴 수는 없다.

“그만 하라니? 내가 뭘 했다고 그러느냐? 천박한 설족의 벌레들 같으니라고! 결국 그 더러운 이빨을 나에게 들이미는구나!”

두일해는 이제 애써 연극을 할 생각을 버린 모양이다. 아직도 몽현에게 당한 호위무사들은 자리에서 일어나지 못하고 있다.

“쯧, 쓸모없는 놈들!”

두일해가 혀를 찼다.

그의 시선이 몽현을 감싸안고 있는 북해에게로 향했다. 두일해는 북해를 알고 있다. 북해의 과거를 안다는 건 아니다.

‘이 마을은 저놈을 중심으로 움직이지.’

무슨 일이 생기면 설족은 가장 먼저 저 사내를 찾았다. 그리고 큰일이 있으면 앞에 서서 뜻을 말하는 것도 바로 저자다.

그리고 또······.

"네 딸년은 어디에 있느냐?"

주변을 두리번거리며 두일해가 말했다.

북해는 주먹을 꽉 움켜쥐었다. 그렇게 걱정하던 그날이 드디어 온 것이다.

'저 더러운 놈이!'

두일해는 처음 이곳에 왔을 때부터 북설을 눈여겨봤다. 한눈에 봐도 빼어난 미모를 지닌 그녀다. 나이가 어렸음에도 불구하고 그녀는 설족 부락에서 가장 빛났다.

오 년이다. 무려 오 년을 기다렸다.

아직도 조금 어리기는 하지만 더는 기다릴 생각이 없다.

주변을 둘러보던 두일해가 마침내 고개를 숙인 채로 벌벌 떠는 북설을 발견했다.

씨익.

그가 북설을 향해 걸어가기 시작했다.

북해는 망설였다. 가만히 있어서는 안 된다고 몸이 수백 번은 외쳐 댄다. 하지만 쉽사리 행동할 수가 없다.

여태까지 이 모두를 지키기 위해 싸워온 북해다. 어쩔 수 없는 희생을 보면서 부족을 위해라는 말로 애써 진실을 외면했다. 그건 북해뿐만이 아닌 설족 모두 마찬가지였다.

그런데 이번에는 북설이다. 그녀가 이번엔 피해자가 될 것이다.

부족을 위해라고 고개를 돌렸던 그가 자신의 딸이 위험하다고 싸운다는 것도 우습다. 그렇지만……

북설의 앞에 선 두일해가 손을 뻗어 그녀의 턱을 잡았다.

고개를 숙이고 있던 북설의 고개가 들어 올려졌다. 그녀의 눈동자가 심하게 흔들렸다.

두려움이 가득한 두 눈이 두일해를 바라봤다.

"역시 예쁘게 컸구나. 아직 좀 어리긴 하지만… 이 정도면 그림자무사가 되기에는 부족함이 없지."

두일해가 미소를 지으며 북설의 얼굴을 손가락으로 어루만졌다. 그녀는 울지 않으려는 듯 입술을 꽉 깨물었다.

꾸욱.

북해의 손이 허리춤에 닿았다. 무슨 소리를 듣더라도 도저히 그냥 넘어갈 수가 없다.

왜 자신이 이곳 북해동에 설족의 부락을 만들기 위해 노력했는가.

북해가 반쯤 검을 뽑았을 때였다.

"이게 누구야? 음광도 두일해 아닙니까?"

천진난만하게 울리는 목소리. 자신의 이름을 함부로 부르자 두일해의 얼굴이 일그러졌다.

"어떤 건방진 새끼가……."

북설에게 향했던 능글맞은 미소를 거두며 고개를 옆으로 튼 두일해가 입을 닫았다.

설족의 뒤에서 자신에게 다가오는 한 사내를 발견해서
다.

긴 머리를 나풀거리며 귀찮은 자가 다가오고 있다. 생긴 건
곱상하지만 성격이 괴팍하기로 소문난 인물이다.

한번 물면 결코 놓지 않는다는 지독한 놈.

북해빙궁 소궁주 설무린!

두일해가 슬쩍 고개를 숙였다.

"두일해, 소궁주님을 뵙소이다."

"갑자기 예를 차리는군요. 방금 전에는 건방진 새끼라고
부르더니 말입니다."

"그거야 소궁주님이 이곳에 계신 줄은 몰랐으니 그랬지요.
아, 그런데 소궁주님이 왜 설족의 부락에 계신 겁니까?"

두일해가 설무린에게 쏘아붙이듯 물었다.

그러자 설무린이 픽하고 웃었다. 그리고는 태연한 어투로
말했다.

"내가 어딜 가든 두일해에게 허락을 받아야 합니까?"

"그건 아니지만……"

이자와 말싸움을 해봤자 손해다.

북해빙궁에서 궁주 다음가는 위치에 있는 자다. 거기다가
평소 속을 알 수 없기로 유명하다. 또 말은 어찌나 잘하는지
괜히 시비가 붙어서 좋은 꼴을 본 자가 없다.

"두일해야말로 이곳에 무슨 일입니까?"

“그림자무사를 구하러 왔지요.”

“그렇군요.”

걸어오던 설무린이 마침내 두일해의 코앞까지 다가왔다. 그는 고개를 돌려 북설을 바라봤다. 아직도 그녀의 눈동자는 심하게 떨리고 있었다.

사실 설무린은 아까 전에 이곳에 도착해서 몸을 감춘 채로 상황을 관전하고 있었다. 그러다 참지 못하고 지금 나선 것이다.

설무린은 두일해를 바라봤다.

그가 갑자기 입꼬리를 비틀며 웃음을 흘렸다.

“아직도 그 버릇을 못 고치신 모양입니다.”

“버릇이라니요?”

“신분이 낮은 여자를 건드리는 것 말입니다.”

“말이 심하십니다!”

설무린의 말에 참지 못하고 두일해가 버럭 소리를 질렀다. 그렇지만 설무린의 입가에 맺힌 미소는 사라지지 않았다.

오히려 그는 천천히 말을 내뱉었다.

“후후! 왠지 요즘 좀 잠잠하다고 했더니 이렇게 더러운 수를 썼던 모양이군요. 하기야 어릴 적부터의 버릇인데 쉽게 사라지지는 않겠지요.”

“대체 누가 그랬다고…….”

말을 하던 두일해는 주변의 웅성거림에 두 눈을 크게 떴다.

여태까지 잠잠하게 있던 설족이 수군거리기 시작한 것이다.

추측이 확신이 됐다.

자식을 잃은 부모, 여동생을 잃은 사내, 그리고 아내를 잃은 남편도 있다. 그들의 분노가 노골적으로 드러났다.

"시끄럽다! 조용히 하지 못할까!"

두일해가 내공을 담아 소리를 질렀다.

쩌렁쩌렁한 소리가 북해동을 가득 채웠다. 그렇지만 그러한 행동에도 설족 사람들은 눈 하나 깜짝하지 않았다.

이곳에 있는 설족의 무인들 모두 일정 수준 이상에 오른 자들이다.

그들의 시선에 두일해가 설무린을 향해 외쳤다.

"나를 모함하는 겁니까, 소궁주?!"

"모함?"

"난 단지 이곳에 그림자무사를 데리러 왔을 뿐입니다. 그것을 소궁주님이 막으실 권한은 없습니다!"

두일해는 질 수 없다는 듯이 옆에 있는 북설의 손목을 와락 잡더니 말했다.

"이 아이를 데려가겠습니다, 그림자무사로!"

그가 북설을 잡아당길 때였다. 옆에 서 있던 설무린의 손이 끌려가는 그녀의 반대편 손목을 잡아챘다.

북설이 급히 시선을 돌려 설무린을 바라봤다.

두일해가 성이 난 목소리로 말했다.

“이게 무슨 짓입니까?”

“막을 권한이 없다고 생각하십니까?”

“그거야 당연히…….”

설무린이 갑작스럽게 북설을 잡지 않은 손을 휘둘렀다.

쩌저적!

천장 벽에 커다란 얼음이 맺히더니 이내 그것이 떨어져 내렸다.

콰앙!

두일해의 바로 뒤로 아슬아슬하게 얼음 기둥이 스치고 지나갔다. 그는 등골이 오싹해져 버렸다.

설무린의 입가에 지어진 미소가 결코 가벼워 보이지 않는다.

그는 두일해의 옷깃을 움켜쥐고 자신에게 잡아당겨 얼굴을 마주 댔다.

숨결이 맞닿을 정도로 가까운 거리다. 설무린이 강하게 옷깃을 움켜쥔 채로 천천히 말했다.

“네가 입고 있는 옷도, 지금 네가 밟고 있는 돌조차도 다 내 것이다. 숨을 쉬기 위해서는 나에게 허락을 받아라. 땅에 있는 돌 하나를 가지기 위해서도 나에게 허락을 받아라. 내가…….”

설무린이 두일해의 옷깃을 놓았다. 그는 황급히 뒤로 몇 걸음 물러섰다. 그런 그를 바라보며 설무린이 미소를 지으며 말을 이었다.

"…북해의 소궁주다."

가슴에 이는 전율.

북해가 침묵했다. 검을 뽑으려던 손은 멈춘 지 오래다. 딱딱하게 굳은 상태로 그의 시선이 설무린에게로 향했다.

손이 부들부들 떨려온다. 이러한 기분을 언제 느껴보았던가.

오만하다. 그렇지만 오만하지 않았다.

순간적으로 세상의 모든 것이 눈앞에 있는 설무린이라는 사내 하나를 중심으로 돈다는 착각이 들 정도다.

두일해는 놀랐는지 더듬거리면서 채 말을 잇지 못했다. 그의 손에서 북설을 완벽하게 빼낸 설무린이 그녀를 자신의 뒤로 감췄다.

두일해의 옆에 있던 호위무사들이 급히 그의 옆으로 다가와 그를 부축하려고 했다. 그러자 두일해가 버럭 소리를 질렀다.

"됐다! 난 멀쩡하다!"

말을 마친 두일해가 설무린을 바라봤다. 속으로 무슨 생각을 하는지는 굳이 듣지 않아도 뻔하다. 이를 갈고 있겠지만 두일해 혼자서 어떻게 할 정도로 설무린은 만만한 상대가 아니다.

설무린이 처음처럼 말을 올리며 말했다.

"앞으로 당신의 북해동 출입을 금하겠습니다."

"……."

"불만있으십니까? 있다면 당신이 여태까지 이 북해동에 한 악행에 대해 아버지께 말씀을 드려야겠군요. 결코 가만두지 않으실 터인데……."

두일해를 곁눈질하면서 설무린이 장난스럽게 말했다.

주먹을 꽉 쥐어 손가락이 살을 파고들 정도로 두일해는 화를 눌렀다. 분하지만 어쩔 수가 없다.

설군표에게까지 이 일이 알려진다면 두일해의 목숨은 없는 것과 다름없다.

'건방진 놈! 언젠가는 이날을 후회하게 될 것이다.'

그저 이를 갈며 후일을 도모하는 수밖에 그에게는 다른 아무런 방도가 없었다.

"물러가지요."

"좋은 생각입니다."

놀리는 듯한 설무린의 말투가 두일해의 신경을 건드렸다. 그렇지만 그는 몸을 돌렸다.

싸울 수 없는 상대다. 옆에 있던 호위무사들이 땅에 쓰러진 다른 둘까지 모두 업고 급하게 이동하기 시작했다.

다시는 북해동에 두일해가 얼굴을 들이미는 일은 없을 것이다. 적어도 설군표가 북해빙궁주의 자리에 있는 그동안은 말이다.

두일해가 시야에서 사라지자 북해가 설무린의 옆에 와서 작은 목소리로 말했다.

"소궁주님, 저희 때문에 괜한 일을 벌이신 건 아닌지 걱정이 됩니다."

"두일해 정도야 뭐."

"두일해야 문제도 아니지만 그 상관인……."

북해가 말을 멈추었다. 설무린이 그를 지그시 바라보고 있다.

"북해의 정체가 정말 궁금하군요. 북해동에 갇혀서 살면서 어찌 바깥 정세를 그리도 잘 알고 있는지."

"허허."

북해가 웃으면서 대충 상황을 넘기려 들었다. 설무린은 아무런 것도 묻지 않았다. 때가 되면 알 거라는 막연한 확신이 있어서다.

주변에 모여 있는 설족들은 미동도 않고 설무린을 바라보고 있다. 그들로서는 이 같은 설무린의 도움이 분명 예상 밖의 일이었을 게다.

북해빙궁의 소궁주가 그들이 아닌 설족의 편을 들었다.

믿을 수 없는 일이 벌어진 것이다.

설무린은 뒤에서 떨고 있는 북설의 경련이 점점 잦아듦을 느꼈다. 그제야 설무린은 옆으로 비켜섰다.

"이제 안정이 되는 모양이구나."

그녀가 고개를 끄덕인다.

그는 볼일을 다 봤다는 듯이 옷을 툭툭 털었다. 사람들의 시선이 자신에게 집중되어 있음을 설무린이 모를 리가 없다.

너무 오랜 시간을 보내 버렸다. 설무린이 옆에서 자신의 딸을 걱정스럽게 바라보는 북해에게 말했다.

"북해, 이만 가보겠습니다."

"벌써요?"

"너무 오래 시간을 보낸 것 같습니다. 그럼 나중에 뵙지요."

말을 마친 설무린은 북해가 대꾸할 시간도 주지 않고 자신의 거처를 향해 걸어가기 시작했다.

설무린이 점점 멀어져 간다.

북해는 그의 등을 뚫어져라 바라봤다. 참으로 신기한 일이다. 어찌 주워온 자식이 저렇게 자기 아비를 쏙 빼어 박았단 말인가.

설군표에게서 느꼈던 감정을 북해는 설무린에게 다시 한 번 느꼈던 것이다.

'범이 범을 데리고 왔어.'

두 마리의 범이 북해빙궁에 있다, 그것도 부자지간으로.

그때 옆에 서 있던 북설이 그의 소매를 잡아당겼다. 북해는 정신을 차리고 자신의 딸을 바라봤다.

놀라 새하얗게 변했던 얼굴은 원래의 색을 되찾았다.

북해가 걱정스럽게 물었다.

"괜찮으냐. 정말 다행이구나."

"고맙다는 말을… 못했어요."

"아!"

그제야 자신 또한 설무린에게 고맙다는 말 한 마디 하지 않았다는 것을 깨달았다. 너무나 급작스러운 일이었기에 그러한 간단한 인사조차도 까먹은 것이다.

그때 북해의 옆으로 덩치가 커다란 젊은 사내가 다가왔다.

아까 전 설족의 부락에 나타난 설무린에게 불만이 가득한 눈빛을 보내던 자다. 그의 시선 또한 이미 보이지 않는 설무린의 뒤를 쫓고 있었다.

"궁금한 게 있습니다."

"응?"

"저자, 아니, 저분은 어떠한 사람입니까?"

"어떠한 사람이냐고? 글쎄… 후후, 나도 모르겠구나."

북해가 나지막하게 웃었다.

사내의 눈동자가 빛나기 시작했다. 처음 가졌던 설무린에 대한 감정은 눈 녹듯이 사라져 버렸다.

북해의 소궁주라고 말하는 그의 당당한 모습이 머리에서 지워지지 않는다. 거구의 사내는 마치 첫사랑을 시작한 총각처럼 두근거리기 시작했다.

북해가 그의 커다란 등짝을 손바닥으로 탁 하니 쳤다.

"뭐, 뭡니까?"

"부상당한 몽현이나 데리고 가서 치료해 줘. 가족 하나 없는데 네놈이라도 돌봐줘야지."

"말 안 해도 그럴 겁니다."

퉁명스럽게 말을 내뱉으며 거구의 사내는 쓰러져 있는 몽현을 부축하고 걸어가기 시작했다.

공터에 모여 있는 설족의 사람들도 움직이지 않고 있다. 아무도 쉽사리 이곳을 떠나지 못하고 있는 것이다.

북해가 북설을 바라보며 말했다.

"가자꾸나."

"예."

북해가 앞장섰고, 북설은 살짝 뒤처진 채로 걷기 시작했다. 북설의 손이 다시금 소매 속에 감추어 둔 팔찌로 향했다.

팔찌의 표면은 상당히 부드럽다. 손가락 끝으로 팔찌를 만지작거리며 그녀는 아직도 뭔가를 고심하고 있었다.

앞장서서 걷는 북해는 혼잣말처럼 계속 말했다.

"다음에 뵈면 감사하다는 말을 드려야겠다. 아무리 경황이 없기로서니 인사 하나 못 드리다니. 허허."

만약 설무린이 나서지 않았다면 북해가 나섰을 것이다. 그렇지만 그 후에 벌어진 일이 완전히 달랐을 건 보지 않아도 안다.

설무린이 나섰기에 일은 그나마 원만하게 해결됐다.

두일해는 북해의 상대가 아니다. 마음만 먹으면 단 일 검으로도 그를 벨 수 있는 실력자가 바로 북해다.

문제는 두일해가 아니다. 두일해를 죽임으로 해서 북해동의 설족들의 목숨이 위험하게 된다는 것이다.

설족이 북해동에 찾아온 북해빙궁의 인물을 죽였다. 그것도 두일해라면 결코 낮은 위치의 사람도 아니다.

그 어떠한 이유도 통하지 않을 것이다.

북해빙궁의 무인들이 대거 투입되어도 전혀 이상할 것이 없는 일이다. 하지만 그것을 막아준 것이 바로 설무린이다.

집에 도착한 북해가 방 안으로 들어가려고 할 때였다. 북설이 갑작스럽게 입을 열었다.

"아버지, 드릴 말씀이 있어요."

"할 말이라니?"

이렇게 적극적으로 자신의 의사 표시를 하는 북설의 모습에 북해가 의아한 표정을 지어 보였다. 평소 그녀는 말수도 적고 자신의 주장을 잘 펼치지 않는 여인이다.

그런 북설이 할 말이 있다고 그를 잡아 세웠다.

북해가 자신을 바라보자 북설은 고개를 숙이며 잠시 머뭇거렸다. 오른손에 꼭 쥐고 있는 팔찌가 북설의 마음을 다잡았다.

찰칵.

여태까지 들고만 다니던 팔찌를 북설은 왼손에 찼다.

갑작스럽게 팔찌를 차는 그녀의 행동에 북해의 궁금증은 더해갔다. 팔찌를 찬 북설이 고개를 들어올려 그의 눈동자를 직시했다.

"검법을 가르쳐 주세요."

"뭐, 뭐라고?"

"장법, 지법, 각법 다 좋아요. 싸울 때 필요한 모든 걸 다 가르쳐 주세요."

북설은 북해가 전혀 상상도 하지 못했던 말을 내뱉었다.

그녀는 싸움에 관련한 무공을 싫어했다. 그랬기에 아주 어릴 때부터 심법과 경공만 익혔다. 몸속에 엄청난 내공을 쌓아 두고 있음에도 불구하고 싸움을 하지 못하는 것은 그 때문이다.

그런 북설이 지금 싸움에 관련된 무공을 배운다고 한 것이다.

북해가 진중한 어조로 물었다.

"갑자기 그게 무슨 말이냐?"

"말 그대로예요. 가르쳐 주세요."

"너 설마……."

북해는 무엇인가 생각났는지 얼굴색이 극도로 새파랗게 변했다. 그가 더듬거리며 말했다.

“그, 그림자무사가 될 생각이냐?”

“예.”

북설은 망설이지 않고 대답했다.

우려했던 대답에 북해는 머리를 감싸 안았다. 그림자무사가 된다면 죽게 될 공산이 크다. 더군다나 지금 북설이 누구의 그림자무사가 되기를 원하는지를 알기에 더더욱 문제다.

설무린의 그림자무사가 되려고 할 게다.

설무린은 북해빙궁의 소궁주. 온갖 암투의 중심에 휩싸일 것이 분명하다.

그런 설무린에게 셀 수도 없이 많은 위험이 닥칠 것은 당연지사다.

죽는다.

설무린의 그림자무사가 된다는 소리는 곧 죽겠다는 것과 다름없다.

“…안 된다.”

“오늘 그분이 절 살려주시지 않았으면 어차피 죽은 목숨이에요.”

“아무리 그렇다고 해도 너무 늦었어. 네 나이가 벌써 몇 인데. 지금 익힌다고 해도 별반 대단한 실력은 지니지 못할 게야.”

북해는 불가능하다며 그녀의 청을 거절했다. 하지만 북설이 고개를 절레절레 흔든다.

"내공심법은 착실히 익혔어요. 제 내공 하나만큼은 설족에서 아버지를 제하고는 최고라는 것도 알아요. 운용 면에서는 미숙하지만 그것도 연습하면 문제없어요. 그리고……."

북설이 북해를 바라봤다.

그의 표정에 안타까움이 가득했다.

어떻게든 말리려고 하는 그의 마음을 모르는 바가 아니다. 그렇지만 이미 북설은 마음을 먹었다.

단 한 번도 아버지의 뜻을 어겨본 적이 없다. 무엇인가 자신이 정하고 행동해 본 적도 없다. 그렇지만 지금 이 순간 북설은 처음으로 스스로의 길을 결정했다.

이번만큼은 자신의 마음이 시키는 대로 하고 싶다.

"…아버지는 북해에서 제일 강하잖아요."

북해동 바깥에 있는 사람이 듣는다면 당장이라도 경을 칠 소리다. 그렇지만 북해는 아무런 대꾸도 하지 못했다.

그 말은 해서는 안 될 것이다. 그걸 북설 또한 잘 알고 있다. 그럼에도 불구하고 그녀가 그러한 말을 했다는 것은 그만큼 절실하다는 뜻이기도 했다.

잠시간 말을 꺼내지 못하던 북해가 마침내 입을 열었다.

"무공은 가르쳐 주마. 하지만 그림자무사의 일은 조금 시간을 두고 생각해 보자꾸나."

북설의 의지가 너무나 강해 보였기에 우선 북해는 시간을 두자고 말했다. 운이 좋다면 변할지도 모른다. 물론 그럴 확률은 무척이나 희박하겠지만 말이다.

북설은 무공을 가르쳐 준다는 말에 활짝 웃었다.

다시 나타났다. 사라진 반쪽의 북해빙궁 무공이!

第四章

설족(雪族)

그들은 눈처럼 새하얗다

열흘이라는 시간은 그리 길지 않은 시간이다.

북해동에서의 열흘 또한 바깥과 매한가지로 흘러간다. 설
족의 사람들은 하루하루를 대부분 자신에게 쓴다.

딱히 할 일이 없는 탓이다. 돈이라는 게 없으니 목숨을 건
것마냥 재물 욕심을 가지지도 않는다.

바깥이라면 술이라도 한잔하면서 시간을 보내련만 그것조
차 북해동에서는 불가능한 일이다.

그 흔하디흔한 술인 화주(火酒)조차 북해동에서는 보물이
다.

바깥에서 생활에 필요한 것들이 전달되어 오지만 그중 술

은 없다. 그 때문에 북해동에서 술 맛을 본다는 것은 불가능에 가깝다.

설족의 사람들은 남은 시간을 온통 무공에 전념한다.

그것은 누군가가 시켜서 그리된 것이 아니라 오래전부터 대대로 그리해 오는 전통 같은 것이다.

그들의 부모들이 그러했고, 또 조부모들도 그리했다.

비록 설족이 되어 볼품없는 신분으로 전락해 버렸지만 그들은 한때 북해빙궁에서 떵떵거리던 자들의 후손이다.

설족이 되었지만 자신들의 무공만큼은 어떻게든 맥이 끊어지지 않도록 자식에게 전수해 온 것이다. 그랬기에 설족의 인물들은 무공이 강할 수밖에 없다.

하루 종일 무공에 전념할 시간, 또 사라지지 않고 전승되어 온 빼어난 무공이 그들에게는 있다.

그랬기에 지금은 비록 자리에 드러누워 있기는 하지만 몽현이 단숨에 두 명의 호위무사를 날려 버릴 수 있었던 것이다.

두일해의 호위무사 둘은 형편없는 자들이 아니다. 단지 몽현의 무공이 그들에 비해 월등했을 뿐이다.

남녀노소를 가리지 않고 북해동에 사는 사람들은 일정 수준 이상의 경지에 오른 자들이다.

다만 그 무공을 사용할 수 있는 기회가 없었기에 실전에 사용하는 것이 다소 무리가 따른다는 것만 제한다면 말이다.

북해가 거처의 문을 열고 나왔다.

손에는 막 만든 음식들이 들려져 있었고, 다른 한 손에는 물병으로 보이는 무엇인가가 있었다.

설무린을 찾아가려는 것이다.

그런데 막 문밖으로 나온 그의 집 근처에 꽤나 많은 자들이 모여 있다. 밖으로 나오기 전부터 알았지만 북해는 내심 놀란 듯이 그들을 보며 물었다.

"무슨 일들이시오?"

"소궁주님을 뵈러 가는 길입니까?"

"그렇긴 한데……."

나이가 지긋한 노인이 조심스럽게 물었다.

"혹 이곳에 다시 오시는가?"

"그거야 저야 모르는 일이지요. 무슨 일이라도 있으십니까?"

"거야 은혜를 갚고 싶어서지. 물론 우리 같은 놈들이 뭐 해줄 게 있겠는가마는, 다시는 그런 일을 당하지 않게 해주었으니 감읍할 따름이지."

북해가 노인을 바라봤다.

이 노인은 예전에 자신의 딸을 두일해에게 그림자무사라는 명목 아래 빼앗겼다. 그날 이후 집 밖으로 두문불출(杜門不出)하던 그가 이렇게 스스로 북해의 거처를 찾아온 것이다.

"한번 여쭈어보겠습니다만 큰 기대는 하지 말아주시지요.

그리고 우리의 보답이라는 것이 그분에게는 귀찮은 것이 될 지도 모르는 일입니다.”

“우리가 그걸 모르겠는가. 그저 우리의 고마움이라도 보여 드리고 싶은 게야.”

“어쨌든 한번 여쭈어는 보지요. 그럼.”

말을 마친 북해는 문을 잠근 것을 다시 한 번 확인하고는 마을을 벗어나 걷기 시작했다.

그의 양손이 꽤나 묵직하다.

두일해에게서 북설을 지켜줬음에도 불구하고 고맙다는 말 조차 아직 하지 못했다.

열흘이라는 시간을 북해는 꾹 참고 기다렸다. 미리 찾아가 도 됐지만 북해는 그러지 않았다.

설무린의 시간을 방해하고 싶지 않아서다.

최근 북해는 걱정이 생겼다. 갑작스럽게 그림자무사가 되 겠다는 북설 때문이다.

말리려고 했지만 그녀의 의지가 너무나 강했다. 단 한 번도 자신의 생각을 주장한 적이 없는 북설이다. 그러한 여인이기 에 한번 하고자 마음먹자 더욱 독하게 몰아붙인다.

문제는 그녀가 무공에 재능이 있다는 거다. 예전, 내공 심 법을 가르쳐 줄 때도 제법 무골이라고 생각했거늘 본격적으 로 시작하자 그러한 생각은 점점 더 깊어져 갔다.

문일지십(聞一知十)이라는 말이 있다.

한 가지 말을 듣고 열 가지를 안다는 뜻으로, 뛰어난 재능을 지닌 자를 꾸밀 때 쓰는 말이다.

북설이 그러했다.

타고난 피는 어쩔 수 없는지 그녀의 재능은 북해를 닮아 무척이나 빼어났다.

더군다나 어릴 때부터 내공에만 집중한 탓인지 내력이 보통을 넘어선다. 무공의 진척이 무척이나 빠를 수밖에 없다.

북설에 대한 고민을 안고 터벅터벅 걸어가던 북해의 눈에 설무린이 들어왔다. 다소 이른 시각에 나왔음에도 불구하고 그의 몸에서 하얀 김이 흘러나온다.

땀 범벅이 된 채로 설무린의 신형이 빙석의 간격 안에서 부지런히 움직이고 있다.

퍼퍼퍽!

땀과 차가운 공기가 만나며 몸에서는 수증기가 형성되어진다. 상의를 벗은 탓에 늘씬하게 뻗은 설무린의 상체가 한눈에 들어온다.

적당하게 발달한 근육에 군더더기없는 몸집.

미칠 듯이 빙석을 쳐내던 설무린의 검이 이내 멈췄다.

그가 옆에 떨어져 있는 상의를 들어 얼굴에 난 땀을 닦아내며 입을 열었다.

“오셨습니까?”

“예, 소궁주님.”

털썩.

그는 빙상에 걸터앉은 채로 땀을 식히려는 듯이 손으로 부채질을 해댔다.

북해가 그가 있는 빙상으로 다가갔다.

다가오는 북해를 바라보던 설무린은 그의 손에 들린 것을 손가락으로 가리키며 물었다.

"그게 뭡니까?"

"음식입니다. 그리고 이건 술이지요."

"술……?"

"예."

북해동의 상황을 북해에게 들어 잘 아는 설무린이다.

북해동에 필요한 물품들을 넣어주는 것은 알지만 술까지 지급해 줄 리는 만무하다.

설무린은 북해가 막 내려놓은 병을 자신의 코 가까이로 가져다 댔다. 구멍을 막고 있는 덮개를 열자 확하니 술 냄새가 풍겨져 올랐다.

"술이 맞군요."

"제가 소궁주님께 거짓을 아뢰겠습니까."

"대단히 귀할 텐데……."

"딸의 목숨만큼은 아니지요."

북해의 말에 설무린은 딱히 대꾸를 하지 않고 가져온 술병을 입에 가져다 댔다.

오랜만에 마신 탓인지 뱃속부터 화끈거린다. 더군다나 이 술, 꽤나 독한 종류다.

설무린은 상의로 입을 닦으며 말했다.

"내가 나서지 않았다면 북해가 딸을 구하기 위해 검을 뽑았을 겁니다."

"그럴 리가요. 전 딸을 구해낼 만한 능력이 없습니다. 소궁주님은 절 너무 대단하게 보시는 것 같습니다."

"과연 그럴까요? 후후."

설무린은 다시금 병을 기울였다. 그러더니 그는 술병을 들고 있던 손을 내밀었다.

"……?"

"북해도 한 모금 마시라는 겁니다. 귀하게 모셔놓은 술을 저에게 다 주니 얼마나 배가 아픕니까."

"허허, 그럴 일이 있겠습니까."

"어서 받으시죠."

설무린이 다시 한 번 채근하자 북해는 못 이기는 척 술병을 받았다. 사실 그 또한 술이라면 사족을 못 쓰는 사내다. 그런데도 불구하고 오랜 시간 술을 입에 거의 대지 못하고 살아왔다.

그러던 차에 귄하는 술이니 북해 또한 마음이 동한 것이다.

북해가 가져온 음식을 집어먹던 설무린이 빙긋 웃으면서 말했다.

"음식 솜씨가 좋습니다. 남편이 누가 될지 모르겠지만 부럽군요."

"…그렇겠지요."

술맛이 쓰다. 북해는 술병을 내려놓고 앞에 앉아서 음식을 먹는 사내를 바라봤다.

북설은 그림자무사가 되려고 한다, 눈앞에 있는 이 사내의.

그림자무사가 결혼을 한다는 건 불가능하다. 주인을 지키고, 주인을 위해 죽는 것이 바로 그림자무사의 사명이다.

그들의 개인 생활이라는 것은 있을 수 없다.

'멍청한 녀석… 그림자무사라는 것이 얼마나 힘든 길인데 그 길을 가려고 하는 것이냐.'

씁쓸한 기분이 그를 적셨다. 술까지 목구멍을 통해 들어가니 더더욱 가라앉아 버렸다.

울적한 표정을 짓고 있는 북해를 설무린이 알아차리지 못할 리가 없다. 그가 물었다.

"무슨 일이 있습니까?"

"아! 아무것도 아닙니다."

상념이 깨졌다.

북해는 술병을 내려놓고 가만히 숨을 가다듬었다. 잠시 동요했던 마음이 천천히 가라앉는다.

퍼뜩 무엇인가 생각난 것처럼 북해가 말했다.

"방금 전에 보니까 다음 초식을 익히시는 것 같던데……"

“아!”

설무린이 자리에서 일어났다. 무릎 위에 올려 얹던 상의를 땅바닥에 던진 그가 빙석들의 가운데로 들어섰다.

그가 북해를 보면서 말했다.

“잘 보시죠.”

검을 뽑은 설무린은 끝으로 툭 하고 빙석을 쳤다.

천장을 향해 날아가던 빙석이 다시금 돌아오기 시작했다. 그것을 막아냄과 동시에 검이 다른 방향으로 움직였다.

한 번에 다섯 개의 빙석을 밀어냈고, 그만큼의 것이 다시금 설무린을 노리고 날아왔다.

카캉!

너무나 자연스럽게 수라환영의 초식이 펼쳐졌다. 사방으로 갈라진 검 모두가 환영이 아닌 실체로 변했다.

순식간에 사방에 있는 빙석들이 옆으로 밀려났다.

스무 개!

스무 개의 빙석 모두가 사방으로 튕겨져 나갔다. 그리고 그 안에 있던 설무린의 검이 마치 생녕이라도 있는 것처럼 꿈틀거리기 시작했다.

수라환영의 초식이 부드럽게 이어진다.

스르릉.

유령처럼, 그렇지만 빠르게.

빙석들이 연신 바깥쪽으로 밀려난다. 스무 개의 빙석은 제

각기 다른 방향으로 설무린을 노리고 날아들었지만 단 하나도 그의 몸에 아무런 위해를 가하지 못했다.

북해의 입이 떡하니 벌어졌다.

스무 개의 빙석이 사방으로 튕겨져 나가는 것은 꽤나 장관이었다.

하지만 그가 놀란 것은 그러한 상황 때문이 아니다. 놀랍게도 변한 설무린의 검 탓이다.

처음 봤을 때부터 한 달의 시간도 채 흐르지 않았다.

그런데 이것은 완전히 다른 사람의 검이다. 검을 휘두르는 설무린의 뒤로 스치듯이 누군가의 모습이 겹쳐진다.

수십 년이 지난 지금까지도 세상에서 가장 커다랗게 보였던 사내.

'설군표!'

북해빙궁의 궁주인 설군표와 설무린의 모습이 겹쳐졌다.

어느새 설무린의 설풍수라마검이 설군표를 연상케 할 정도로 깊어졌다는 것이다. 놀란 눈으로 북해는 설무린의 움직임 하나하나를 놓치지 않으려는 듯이 바라봤다.

끝나지 않을 것 같은 검무가 끝났다.

설무린은 고개를 돌려 북해에게 시선을 던졌다. 어떠냐고 묻기라도 하려는 듯이 말이다. 그런데 정작 북해는 멍한 눈으로 서서 무엇인가 생각에 빠져 있다.

"북해, 왜 그러십니까?"

“허허, 그게… 소궁주님의 검무에 잠시 넋을 잃고야 말았습니다.”

“쯧.”

설무린이 그를 고깝지 않은 시선으로 바라보자 북해는 예전에 했던 말이 생각났다.

“죄송합니다. 칭찬은 금해달라는 말을 잠시 잊었습니다.”

칭찬은 독이라며 하지 말아달라고 설무린은 부탁했었다. 그걸 잊을 북해가 아니었음에도 불구하고 그는 칭찬을 해버리고 만 것이다. 그만큼 설무린의 검이 북해의 혼을 쏙 빼놓았다는 소리다.

“좋아진 것 같습니까?”

“물론입니다.”

이야기할 것도 없다는 듯이 북해가 대답했다. 설무린은 빙석들 사이에서 걸어나와 넓은 곳에 와서 섰다. 조금도 쉬지 않고 그는 그대로 검을 들어올렸다.

“시작하죠.”

“알겠습니다.”

설무린은 뭔가를 보여주고 싶어 안달이 난 것처럼 보였다.

그것이 무엇인지는 곧 알 수 있을 것이다. 북해가 설무린이 있는 곳으로 다가가면서 검을 뽑아 올렸다.

무엇인지는 모르겠지만 내심 두근거리는 마음을 감출 수가 없다.

쩌엉!

앞으로 뻗어져 나온 검끝이 흔들린다. 북해가 급히 상체를 비틀었다.

쉬익!

날카로운 무엇인가가 허공을 갈랐다. 이내 설무린의 검이 갑작스럽게 쏟아지기 시작했다.

사방에서 쏟아지는 검은 수라환영의 초식과 흡사했지만 실리는 무게가 다르다. 더군다나 검에서 쏟아지는 한기는 검기가 되어 사방을 뒤흔든다.

쩌억, 쩍!

근처에 있는 얼음들이 무엇인가에 베인 것처럼 쫙쫙 쪼개지기 시작했다.

'수라참극(修羅慘劇)!'

설풍수라마검의 다섯 번째 초식인 수라참극이 분명하다. 마구잡이로 휘두르는 착각을 불러일으키게 하는 초식이지만 그것은 틀이 있는 자유다.

일 검 일 검에서 검기가 쏟아지고 주변에 있는 자들을 단숨에 베어낸다. 수라참극의 초식을 제대로만 펼친다면 한 번에 수십에 달하는 자를 베는 것도 가능하다.

문제는 눈에 쫓기도 힘들 정도의 변화.

하늘을 향해 나풀거리던 검이 이미 허리를 베고 지나간다. 설풍수라마검의 무서운 점이다.

검기가 사방에서 쏟아져 나오며 북해를 옥죄어 들어온다. 웬만한 자라면 단숨에 온몸이 난자당해서 쓰러졌을 게다.

설무린은 손속에 사정을 두지 않았다.

북해가 이 정도에 당하지 않을 거라는 확신이 있어서다. 단 한 번도 제대로 실력을 보지 못했는 데도 불구하고 설무린은 그리 생각했다.

그리고 그의 판단은 정확했다.

갑작스럽게 쏟아진 검기를 북해는 너무나 무난하게 받아 내고 있다.

꽤나 무거운 검기를 받아내며 북해는 슬쩍 입가에 미소를 띠었다. 역시나 하는 생각이 들어서다.

'사람을 잘못 보지는 않았군.'

설무린의 뒤에 잠시나마 겹쳐 보였던 설군표의 모습은 결코 잘못 본 것이 아닌 모양이다.

이렇게 약관의 나이에 이 정도의 실력이라니…….

설무린은 지쳐서 손을 들 수 없을 때까지 검을 휘둘렀다. 무려 한 시진가량을 설무린은 검을 휘둘렀고, 북해는 말없이 그의 공격을 받기만 했다.

퍽!

마지막 일검을 휘두른 설무린은 마침내 버티지 못하고 땅바닥에 주저앉았다. 거칠게 숨을 몰아쉬며 설무린은 호흡을 가다듬기 시작했다. 온몸이 땀 범벅이 되어버렸다.

“북해 당신은 정말 괴물이군요.”

“제가 괴물이라니요?”

“옷깃도 못 스쳤어, 설풍수라마검의 오 초식을 거의 완벽하게 펼쳤다고 생각하는데도.”

내심 기대를 하고 있었다, 최소한 옷깃 정도는 벨 수 있을 거라고. 그것도 아니라면 언제나 방어만 하던 북해가 당황해서 공격을 가해 올 것이라고 말이다.

결과는 실패다.

“솔직히 깜짝 놀랐습니다. 사 초식을 완벽하게 구현하시는 것도 오늘 처음 본 것인데 갑자기 오 초식까지 능수능란하게 펼치셔서 말입니다.”

“제길, 좀 더 숨겨두다가 더 완벽해지면 사용할 걸 그랬군. 적어도 옷깃 하나는 베고 싶었는데.”

검을 땅에 박으며 투덜대는 설무린의 모습이 결코 미워 보이지 않는다.

욕심이 참 많은 사내다. 아마 지금 북해의 옷깃을 베었다고 해도 결코 만족하지 않았을 게 분명하다. 그때는 더욱 커다란 것을 목표로 하고 달릴 자다.

가만히 앉아 있던 설무린이 입을 열었다.

“북해, 물어볼 게 있습니다.”

“물어보시지요.”

“설풍수라마검을 다 보셨다고 했지요?”

"예, 궁주님의 그림자무사로 있다 보니 그리되었습니다."

북해는 순순히 대답했다. 그러자 설무린이 기다렸다는 듯이 하고자 했던 말을 내뱉었다.

"마지막 초식인 수라군림(修羅君臨)을 익힌다면 북해를 이길 수 있습니까?"

"…당연히 이기실 수 있지요."

"북해."

설무린이 북해를 뚫어져라 바라봤다. 그 눈빛이 너무나 진솔했기에 북해는 입술을 꽉 깨물었다. 다소 망설여지지만 설무린이 원하는 것이 무엇인지 잘 알기 때문이다.

그는 거짓말을 원하지 않는다.

"당장은 무리입니다."

"역시 무리였군요."

설족의 한 명일 뿐이다. 이름도 처음 들어보는 그림자무사였던 한 사내의 말이다. 믿기 싫으면 헛소리로 치부해도 되는 말을 설무린은 너무나 쉽게 받아들인다.

꽤나 충격적인 말일 텐데도 불구하고 그는 별일 아니라는 듯이 내꾸했다.

오히려 북해가 당황해서 되물었다.

"제 말을 믿으십니까?"

"물론."

"전 천한 설족입니다. 어찌 제가 한 말을 곧이곧대로 다 믿으실 수 있다는 말입니까.”

“당신이 북해이기 때문이죠.”

“…….”

“내가 아는 북해라는 사람은 만난 지 오래되지는 않았지만 결코 거짓을 말할 사내는 아니었습니다.”

기분이 묘하다.

만난 지 얼마나 되었다고 자신을 믿는다 어쩐다 이야기한단 말인가. 그렇지만 북해의 기분은 나쁘지 않았다.

“소궁주님이시라면 금세 저를 뛰어넘으실 수 있을 겁니다.”

“이십 년 뒤, 이러면 조금 곤란한데……. 늙어서 천하제일인이 되어봤자 뭐 합니까, 수염이나 날리면서.”

설무린이 키득키득 웃으면서 말했다. 북해 또한 그와 마찬가지의 것을 상상했는지 자신도 모르게 입가에 미소를 걸어버렸다. 장난스럽게 말하고 있지만 누구보다 진지할 게다.

장난처럼 내뱉은 말속에서 그의 목표를 읽었다.

천하제일인(天下第一人).

입가에 지워지지 않는 미소를 건 채로 설무린은 입을 열었다.

“후후! 기다리시지요. 곧 북해를 꺾을 겁니다. 그리고 북해에서 제일 강하다는 저희 아버지도 이겨야지요.”

상대가 많으면 많을수록 좋다.

오히려 넘어야 할 산이 많아야 시작할 마음도 생긴다. 북해를 지그시 바라보던 설무린이 입을 열었다.

"중원에는 강한 사람이 많다고 들었습니다."

"물론입니다. 그곳은 아주 넓고 많은 무인들이 있지요."

"무림맹, 마교, 그리고 다른 세외의 세력인 태양궁(太陽宮)과 야수궁(野獸宮)……. 후후! 구미가 당기지 않습니까?"

설무린이 자리에서 일어났다.

적어도 자신의 앞에는 수백에 달하는 무인들이 있을 것이다. 그들을 다 이겨야 그제야 천하제일인이 될 수 있다.

"북해는 천하에서 누가 제일 강하다고 생각합니까?"

"궁주님입니다."

"한 치의 망설임도 없군요."

설군표는 강하다.

무림에서는 세외의 세력이 중원보다 한 수 낮다고 평가한다. 그렇지만 그들의 생각은 틀렸다.

북해빙궁이 위치한 곳은 일 년 내내 추위와 싸워야만 하는 곳이다. 기름진 중원과는 그 환경 자체가 다르다.

온실 속에서 자란 화초보다 추위와 싸우며 커온 잡초의 생명력이 더 질긴 것은 당연한 일이다.

그리고 설군표의 강함은 비단 무공에만 한정된 것이 아니다. 그 누구와 싸워도 지지 않을 거라는 확신을 가지게 하는 사내는 천하를 뒤져도 몇 없을 게다.

그것이 바로 설군표다.

"물론 천하에 있는 무인을 전부 본 것은 아닙니다. 하지만… 왠지 모르게 그런 확신이 들더군요."

"대충 알 것 같군요."

굳이 듣지 않아도 된다.

설무린 또한 북해가 말하고자 하는 것이 무엇인지 어렴풋이 파악하고 있는 탓이다.

설군표를 처음 봤을 때부터 지금까지… 그는 참 대단한 사내다.

"그런데 북해는 저희 아버지를 참 잘 아시는 것 같습니다?"

"미천한 몸이긴 하지만 궁주님의 옆에서 오랜 시간을 보필하다 보니……."

"저희 아버지 성격상 옆에 그림자처럼 붙어 다니는 누군가를 오래 둔다는 것이 상상이 안 가는군요. 뭔가 이유가 있었겠지만."

설무린은 북해를 힐끔 쳐다봤다.

그는 태연하게 웃음만 흘리면서 이 상황을 스리슬쩍 넘겼다. 분위기를 바꾸려는 생각에 북해가 화젯거리를 돌렸다.

"아, 소궁주님, 언제 다시 한 번 설족의 부락을 찾아오실 생각은 없으십니까?"

"별로 어렵지 않은 일입니다만 갑자기 왜 그러시죠?"

"사실… 설족의 사람들이 소궁주님에게 은혜를 입었다고 생각하고 있습니다."

"은혜랄 것도 없는데……."

그저 그곳에 있었고, 두일해의 행동이 마음에 들지 않았을 뿐이다. 물론 그것이 결과적으로 설족에게는 크나큰 도움이 되었지만 말이다.

"불편하시면 가지 않으셔도 됩니다. 어차피 그들 또한 크게 기대를 하고 있지도 않을 겁니다."

"아니요. 찾아가지요."

"그래도 괜찮으시겠습니까?"

"별일도 아닌데 뭐가 문젭니까."

설무린은 아무렇지도 않다는 듯이 북해의 초대를 수락했다.

그리고 그는 검을 들고 자리에서 일어났다.

"오늘 감사했습니다. 열흘 후에 뵙지요."

"알겠습니다."

"열흘 후에는 옷깃이 날아갈지도 모르니 바늘하고 실이라노 준비하시는 게 좋을 겁니다."

"그러지요."

북해가 빙긋 웃으면서 몸을 돌려 걸어가기 시작했다. 잠시 동안 미친 듯이 수라참극의 초식을 펼치던 설무린은 북해가 완전히 사라지자 검을 멈추었다.

그는 북해가 사라진 방향을 바라보면서 나지막하게 중얼
거렸다.

“북해, 북해……. 들어본 적이 없는데 말이야.”

아버지가 오랜 시간 옆에 둔 사내. 그리고 아직까지도 설군
표의 이야기를 할 때마다 떨리는 북해의 눈동자.

둘의 사이가 궁금하다.

第五章

회합(會合)

집무실에서 해야 할 일들을 처리 중이던 설군표는 무엇인가를 떠올리고는 의자를 박차고 일어났다.

설군표의 갑작스러운 행동에 맞은편에 앉아서 이야기를 하고 있던 야율초재(耶律礎材)가 말을 멈추고 그를 빤히 바라봤다.

그는 손가락을 꼼지락거리다가 야율초재를 향해 고개를 확하니 돌렸다.

"무슨……?"

"야율, 오늘이 며칠이지?"

"야율이 아니라 야율초재입니다."

야율초재가 또박또박 말했다.

점잖아 보이는 중년의 외모를 지닌 사내다. 마치 학과도 같은 고고함을 물씬 풍겨대는 야율초재는 북해빙궁의 머리다.

무려 삼십 년이 넘게 설군표의 옆에서 그를 보필해 온 충신 중의 충신이다.

그런데 이 궁주의 말버릇은 삼십 년이 지난 지금까지도 변함이 없다. 야율초재는 항상 자신의 이름을 야율이라고 줄여서 부르는 그의 행동에 반박하고는 했다.

물론 고쳐지지는 않았지만 말이다.

오늘도 아마 소 귀에 경 읽기 꼴이리라.

야율초재가 질문에 대답하지 않았음에도 불구하고 어렴풋이 계산을 했는지 설군표는 짜증 섞인 목소리로 말했다.

"벌써 날이 이렇게 됐나?"

"새외삼궁의 회합 때문인가 보군요."

마치 설군표의 마음을 읽기라도 한 것처럼 그가 태연하게 말했다. 그러자 설군표가 고개를 끄덕이면서 집무실에 달려 있는 큰 창으로 다가갔다.

창문을 열자 북해의 찬바람이 방 안으로 쏟아져 들어온다.

나부끼는 머리카락을 쓸어 올리며 설군표가 나지막하게 중얼거렸다.

"벌써 십 년이나 흐른 건가?"

"그리되었지요."

"그 재수없는 놈을 또 만나야 하다니, 쩝."

정파에는 구파일방(九派一幫)과 오대세가(五大世家)가 있다. 물론 그 외에도 자잘한 세력들이 많기는 하지만 크게 분류하면 그렇다는 거다.

사파에는 그들의 힘의 집합체라고도 할 수 있는 마교(魔敎)가 있다.

그리고 새외에도 그들과도 같이 힘을 지닌 세 개의 단체가 있다.

새외삼궁(塞外三宮)이라고 칭하는 세 개의 궁이 말이다.

천년만년 얼음이 뒤덮여 있는 북해빙궁(北海氷宮)!

태양을 신으로 숭배한다는 태양궁(太陽宮)!

그리고 사람 수는 다른 두 곳과 비할 수 없지만 무시무시한 맹수들과 함께 싸운다는 야수궁(野獸宮)!

정파의 세력들은 중원이라는 곳을 기점으로 모여 있다. 그렇기에 여러 가지 교류가 활발하고 이런저런 이해관계가 얽힌다. 그에 반해 새외삼궁은 조금 다르다.

북해빙궁은 북쪽에 위치했고, 태양궁은 서쪽에 있다. 그리고 야수궁은 남쪽에 있다. 그것도 거의 끝에 위치해 있기에 그들이 만난다는 건 쉬운 일이 아니다.

참으로 오래된 전통이 하나 있다.

십 년에 한 번 삼궁의 수뇌부들이 돌아가면서 자신의 거처에서 회합을 가지는 것이다.

십 년 전에는 야수궁이었으니 이번에는 북해빙궁이 손님을 받아들여야 한다. 십 년에 한 번 있는 커다란 일이건만 설군표는 그리 기분이 좋지 않은 모양이다.

귀찮은 자와 얼굴을 마주해야 하기 때문이다.

태양궁주 적운강(狄雲剛)을 만나는 건 그리 유쾌한 일이 아니다. 가능하면 상대하기 싶지 않은 자이거늘 이번만큼은 피할 수가 없는 자리인 것이다.

어쩔 수 없는 일인 이상 포기할 수밖에 없다.

설군표는 뒷머리를 긁적거리면서 말했다.

"아무것도 준비를 안 했는데 이걸 어떤다……."

"손님을 받을 준비는 다 해놨습니다."

야율초재가 대수롭지 않다는 듯이 종이를 넘기면서 말했다. 그 말에 잠시 고민에 빠졌던 설군표가 표정을 풀면서 그를 바라봤다.

자신에게 쏟아지는 시선에 야율초재는 대수롭지 않다는 듯이 말했다.

"궁주님이 기억 못하실 거야 뻔한 일이었으니까요."

"하하! 야율, 역시 자네밖에 없다니까."

"야율이 아니라……."

"야율, 그럼 부탁하겠네."

"거참, 두 글자 더 불러주면 어디가 덧나십니까?"

퉁명스럽게 말을 하면서도 말에는 애정이 묻어난다.

　도저히 못 이기겠다. 막무가내로 행동하는 자를 상대하는 데 이골이 난 그다. 그런데도 불구하고 설군표에게만큼은 언제나 야율초재가 휘말려 버린다.

　볼멘 목소리를 내는 중년의 사내인 야율초재를 보면서 재미있어하던 설군표가 무엇인가 생각난 것처럼 손바닥을 부닥쳤다.

　"아, 그 녀석!"

　북해동이 문이 열리며 지독하도록 차가운 한기가 밖으로 흘러나왔다. 야율초재는 고개를 절레절레 흔들며 북해동 안으로 들어섰다.

　중요한 회합을 앞두고 야율초재가 북해동을 굳이 찾은 것은 이유가 있어서다. 바로 몇 달 전 이곳으로 들어간 북해빙궁의 소궁주 설무린 때문이다.

　이렇게 귀찮은 일을 자신이 떠맡게 된 것은 전부 다 그놈의 설군표 때문이다.

　"그놈아 야율의 말을 잘 듣지 않는가. 내가 가서 오라고 하면 단박에 싫다고 말할걸?"

　분하게도 반박할 수가 없었다.

　설군표와 설무린의 사이는 참으로 신기했다. 서로 사이가 좋지 않아 보이지만 실상은 그 반대일지도 모른다.

서로가 서로를 이해하는 유일한 사이가 그 둘일지도 모른다는 생각을 야율초재는 몇 번이나 한 적이 있다.

신기하게도 핏줄이 아닌 데도 불구하고 둘은 묘하게 닮았다.

야율초재는 설무린이 친자식이 아니라는 것을 아는 몇 안 되는 사람 중 하나다.

'하여튼 둘 다 그 속내를 모르겠다니까.'

대체 무슨 생각들인지 알 수 없는 짓들을 하기 일쑤다. 물론 궁주나 소궁주의 그 행동들이 결국엔 어떠한 의미가 있다는 걸 알기에 뭐라고 하지는 않지만…….

북해동이 꽤나 익숙한지 야율초재는 아무런 망설임 없이 걸어나갔다. 지독한 한기조차 슬슬 익숙해질 무렵 빙석으로 만든 빙상이 눈에 모습을 드러냈다.

그리고 그곳에서 상의를 벗은 채로 검을 휘두르는 설무린의 모습도 눈에 들어왔다.

무아지경에 빠진 채로 검을 움직이는 설무린을 내심 대견한 눈빛으로 바라보던 야율초재가 막 입을 열려다가 멈췄다.

상당한 거리가 있었지만 설무린의 옆에 누군가가 있음을 알아차렸다.

'음? 소궁주님 혼자 오신 게 아니었나?'

그의 옆에 있는 자의 모습을 살피던 야율초재는 들고 있던 검을 놓쳐 버렸다.

탕.

조그만 소리였지만 검을 휘두르던 설무린도, 조용히 그를 바라보던 북해도 야율초재가 있는 방향으로 고개를 돌렸다.

그가 멋쩍은 듯한 표정으로 설무린에게 다가가 고개를 숙였다.

“소궁주님을 뵙습니다.”

“야율?”

“제 이름은 야율이 아니라…….”

“아아, 그 소리는 그만 하고.”

야율초재는 다시 한 번 인상을 찡그렸다. 이 망할 놈의 부자는 이러한 행동까지도 아주 쏙 빼닮았다.

갑자기 나타난 야율초재를 본 북해의 손끝이 미미하게 떨렸다.

북해와 야율초재의 눈빛이 허공에서 잠시 부딪쳤다. 그렇지만 둘은 동시에 고개를 돌리며 서로의 눈을 피했다.

설무린은 검을 내리며 연락도 없이 나타난 야율초재에게 물었다.

“그런데 아저씨, 무슨 일입니까, 연락도 없이?”

“아, 궁주님이 보내서 왔습니다.”

“아버지가?”

“예. 잠시 돌아와야 할 일이 생겼다고 북해동을 잠시 나오시랍니다."

"됐다고 전해주세요."

"소궁주님."

야율초재는 언제나처럼 침착한 목소리로 그를 불렀다. 설무린은 귀찮다는 듯이 말했다.

"북해동에 들어온 제가 나가야 할 정도로 중요한 일입니까?"

"예."

서슴없이 야율초재가 대답하자 설무린은 일순 말문이 막혔다. 그렇지만 사실 설무린 또한 뭔가 중요한 일이 있는 거라고 생각은 하고 있던 터다. 그렇지 않으면 결코 그의 훈련을 설군표가 방해할 리 없다는 걸 알기 때문이다.

더군다나 야율초재를 보냈다.

그만큼 반드시 설무린을 데리고 나와야 하는 일이라는 소리다.

"이야기나 들어보죠. 무슨 일입니까?"

"십 년에 한 번 있는 새외삼궁의 회합입니다."

"……."

새외삼궁의 회합이라는 말에 설무린은 아무런 반박도 하지 못했다. 새외삼궁의 회합은 궁의 궁주와 앞으로 그 궁을 이끌 자들이 만나는 자리다.

설무린은 북해의 소궁주다. 더군다나 이번 회합이 이루어

지는 곳이 바로 북해빙궁이다. 그러한 자리에 자신이 빠진다
는 것은 꽤나 큰 실례가 될 공산이 크다.

"귀찮게 됐군."

한숨은 내쉬고 있지만 이미 설무린의 마음이 정해졌음을
야율초재가 모를 리 없다.

아닌 척하면서도 언제나 아버지를 신경 쓰고, 북해빙궁을
소중히 여기는 설무린이다.

"회합은 언젭니까?"

"삼 일 후입니다."

"바로 나가야겠군요."

"그러니까 오늘 찾아뵌 것 아니겠습니까. 최대한 훈련에
방해를 하지 말라는 궁주님의 명이셨습니다."

설군표의 말이 나오자 설무린은 못 들은 척 자리에서 일어
나 빙상을 향해 걸어갔다. 벗어놓은 상의를 가져오기 위해서
이다.

빙상을 향해 멀어져 갈 때였다.

가민히 서 있던 야율초재가 입을 열었다.

"오랜만입니다, 북해."

"잘 지내셨습니까."

"물론입니다. 이곳에서 만나뵙게 되어 좀 놀랐습니다."

"궁주님의 배려였지요."

"제게도 말을 안 하고 북해를 어디에 숨겼나 했더니 북해

동이었군요."

야율초재의 눈은 북해를 바라보고 있지 않다. 설무린이 눈치 채지 못하도록 둘은 전방만 바라본 채로 입술만 움직였다.

할 말은 참으로 많다. 하지만 말을 나눌 시간도 없고, 지금은 딱히 생각이 정리되지도 않았다.

빙상에 걸쳐 놓았던 상의를 입으며 걸어오는 설무린을 보며 야율초재가 마지막으로 한마디를 내뱉었다.

"건강하신 것 같아 다행입니다."

말을 마친 야율초재는 북해와 방금 전 대화를 한 것이 거짓말이기라도 한 것마냥 입을 닫았다.

상의를 걸쳐 입은 설무린이 찡그린 얼굴로 말했다.

"가죠."

"그러지요."

"아! 오래 걸리지 않을 테니 열흘 후에 다시 이곳으로 오시면 됩니다, 북해."

북해가 허리를 굽힌다.

"그럼 이만."

말을 마친 설무린이 몸을 돌려 걷기 시작했다. 그의 옆에서 따라 걷던 야율초재가 시선을 돌려 고개를 숙이고 있는 북해의 등을 바라봤다.

여전히 궁주의 행동은 이해가 되지 않는다.

'궁주님 당신이 무엇을 생각하고 계신지 도통 모르겠군요.'

삼십 년이 넘게 옆에서 보필한 야율초재조차도 설군표의 진정한 속내는 알 수가 없다.

삼 일 전은 참 시끄러운 하루였다.

거의 일 년 만에 나타난 자신을 보며 어머니인 매여령은 두 눈에 쌍심지를 켰다. 연락도 하지 않고 일 년 동안 모습을 감춘 아들이 그녀는 못내 섭섭했던 모양이다.

일 년 만에 만난 설수진은 예전과 변한 게 없었다. 차분하게 웃고 있는 모습에 설무린은 아무런 말도 하지 않았고, 불편하다는 것을 느끼지 못했다.

설군표와는 많은 이야기를 나누지 않았다.

사실 그에게 묻고 싶은 것이 있었거늘 설무린은 입을 닫고 있을 수밖에 없었다.

가벼운 옷을 둘러 입은 설무린은 북해동에 있을 때와는 사뭇 다른 분위기를 풍겼다.

하얀 피부와 그가 걸친 하늘색 옷은 원래부터 하나였을지도 모른다는 착각을 불러일으킬 정도로 어울린다.

하늘색 옷에 몇 가지의 장신구까지 착용하니 이제는 눈을 떼기가 어려울 정도다.

설무린은 언제나 지니고 다녀야 하는 빙마몽환검을 등에 찼다. 몸속에 있는 태양을 억누르기 위해서는 잘 때마저도 손에서 놓아서는 안 되는 북해빙궁의 신물.

설무린의 치명적인 약점이다.

빙마몽환검과 일정 거리 이상이 멀어지면 그의 몸속에 있는 태양이 난동을 부리기 시작한다. 물론 점점 나이가 들어가면 갈수록 그 버텨낼 수 있는 시간이 길어졌다.

예전 처음 북해빙궁에 왔을 때는 단 일각도 버티지 못했다. 그렇지만 지금은 그 몇 배 이상은 버티는 게 가능하다. 그렇지만 왠지 모르게 빙마몽환검과 떨어져 있으면 찜찜한 기분이다.

마치 옷을 몽땅 벗고 사람이 많은 대로변을 걷는 기분이랄까?

어느새 빙마몽환검은 설무린에게 수족과도 같은 것이 되어버렸다. 물론 이 지긋지긋한 몸을 고치기만 한다면 언제라도 버리겠다며 이를 갈기는 하지만 말이다.

설무린이 북해동에서 나오고 나서 이틀 후 북해빙궁에 야수궁의 사람들이 도착했다. 그 수는 대략 이백여 명 정도였지만 그들 모두가 야수궁의 정예들이었다.

그리고 정확하게 두 시진 전에 태양궁의 사람들이 도착했다고 한다.

정해진 회합의 날이 오늘인데 딱 맞춰서 도착한 것이다.

설무린은 자신의 모습을 훑어봤다.

오늘 이 자리는 새외삼궁의 핵심 인물이 모두 모이는 자리다. 그들이 가장 주의 깊게 볼 사람은 다음 궁주의 자리를 이어야 할 후계자들일 게다.

얕잡혀 보일 생각은 없다.

"소궁주님, 시간이 되었습니다."

바깥에서 시중을 드는 수하의 목소리가 들려온다.

"아아, 다 됐습니다."

말을 마친 그가 문을 열고 자신의 방에서 성큼성큼 걸어나왔다. 밖에서 대기하고 있던 수하가 입을 쩍 벌렸다.

설무린은 수하를 바라보며 말했다.

"왜 그럽니까?"

"아, 아무것도 아닙니다."

사내에게 이토록 넋을 잃어본 것은 생전 처음이다.

그는 두근거리는 마음을 애써 누르고 앞장서서 걸어가기 시작했다. 연회가 곧 시작될 것이고, 그 자리는 암묵적으로 삼궁의 후계자이 뽐내는 자리가 될 게 분명하다.

수하가 툴툴대면서 말했다.

"이미 다른 분들은 다 오셨답니다."

"그래요?"

"북해빙궁에서 소궁주님이 가장 늦으신다니요. 흉을 보면 어쩌시려고……."

"늦잠을 잔 건 어쩝니까."

설무린은 태연스럽게 대꾸했다. 수하는 고개를 절레설레 저었다. 언제나 이런 식으로 대화를 하다 보면 결국 지고 마

는 건 자신이다. 이 사내에게 입으로 싸워서 이기려 든다는
건 멍청한 짓이라는 걸 예전에 안 그다.

연회장까지의 거리는 그리 멀지 않았다.

근처에 다가가자 몇 명의 무인이 문을 막아섰다가 이내 설
무린을 확인하고는 고개를 숙였다.

무인들이 옆으로 비켜나자 문을 열며 수하가 먼저 앞장서
서 들어섰다. 외원을 지나 내원까지는 수많은 무인들이 철통
같이 지키고 서 있었다.

그렇게 걷던 설무린이 멈추어 섰다.

내원이 바로 이곳이다. 수하가 옆으로 물러섰다. 그는 여
기까지 설무린을 데리고 오는 것이 임무였다.

"전 이만 물러가겠습니다."

말을 마친 그가 몸을 돌려 장원을 빠져나갔다.

설무린은 문에 손을 가져다 댔다.

이 안은 엄청나게 넓은 곳으로, 수백 명에 달하는 사람을
한번에 수용할 수 있을 정도의 공간이다. 그리고 바깥에서도
안에서 북적거리는 것이 느껴질 정도다.

설무린이 문을 열었다.

안에서 환한 빛이 쏟아져 나온다.

그는 전혀 망설이지 않고 안으로 성큼 걸어 들어갔다. 사람
들의 시선 중 일부가 안에 들어선 설무린에게로 향했다.

몇몇이었던 시선이 수십으로 바뀌는 건 찰나에 불과할 정

도로 짧은 시간이었다.

자신에게 쏟아지는 시선을 느끼며 설무린은 안으로 계속해서 걸어갔다. 단상 위에 앉아 있던 설군표가 인상을 찌푸리면서 얼굴을 감싼다.

'저 망할 녀석!'

오늘 같은 날까지 늦게 나타나지는 않겠지 생각했던 것은 오판이었다.

설무린이 좌중을 향해 가볍게 고개를 숙였다.

비록 여인이라 착각을 할 정도의 아름다움을 지녔지만 사람들은 그가 사내라는 걸 알아차렸다. 보폭이나 다소 날카로워 보이는 이목구비가 그걸 증명케 했다.

"북해빙궁 소궁주 설무린입니다."

"호오!"

설무린은 사방에서 쏟아지는 눈빛을 느꼈다. 북해빙궁의 후계자인 그가 등장했으니 다른 두 개의 궁에서 주의 깊게 살피는 것은 전혀 이상한 일이 아니다.

사람들의 웅성거림이 커지기 시작했다.

북해빙궁 사상 최고의 기재라는 소문까지 도는 자가 저처럼 곱상하다는 것이 신기한 모양이다.

그렇지만 그러한 웅성거림은 설무린에게 제대로 들어오지도 않았다. 설무린에게 중요한 것은 시끄럽게 떠드는 그들이 아닌 지금 새외삼궁을 이끄는 자들이었다.

설무린의 눈이 가장 상석에 있는 세 명에게로 향했다.

태양궁주 적운강이 그를 뚫어지게 바라보고 있다. 비록 십 년 전에 잠시 만났지만 그날의 일을 설무린은 잊지 않고 있다. 적운강은 십 년 전과 그리 변한 것이 없어 보였다.

호쾌하고 강인해 보이는 외관에 영웅과도 같은 기백이 몸에서 풍겨져 나오는 자다.

그런데도 불구하고 맘에 들지 않는 자. 겉모습과 속내가 시커멓게 다른 자가 바로 그다.

그리고 그 바로 옆에는 야수궁의 궁주인 사뇌영(思雷領)이 있다.

사뇌영은 상당히 험악한 외모의 소유자다. 어린아이가 만약 그의 앞에 선다면 참지 못하고 오줌보를 터뜨릴 게다.

외모는 그리 험악하지만 실상 사뇌영은 주변 사람에게 무척이나 자상하다고 소문이 난 자다. 물론 싸울 때는 이야기가 확연하게 달라지지만 말이다.

그 세 개의 상석 바로 아래로 몇 개의 자리가 있다. 그곳은 바로 직계가족들이 자리한 자리인 모양이다.

어머니인 매여령과 설수진의 모습이 보인다. 그에 반해 태양궁과 야수궁은 그 자리에 단 한 명씩만 위치해 있다.

두 개의 궁에서 북해까지 오는 건 상당히 오랜 시간이 소모된다. 그 탓에 아마 자신들의 거처에 가족들을 두고 온 모양이다. 그런데도 불구하고 각기 한 명씩을 데리고 왔다면 그들이 바로 다음 궁주가 될 확률이 높은 자들이라는 소리다.

그리고 설무린은 그 자리에 앉아 있는 둘 모두를 알았다.

비록 십 년 전 단 한 번의 만남이기는 했지만 설무린은 그 둘 모두와의 일을 똑똑히 기억했다.

적운강 바로 아래에 앉아 있던 사내가 자리에서 일어나면서 설무린을 향해 미소를 지었다.

"오랜만이구나."

"그렇군요."

태양궁주의 외아들인 적사문(狄史文)이다.

설무린과는 완전히 다른 겉모습을 지닌 자다. 남자답게 생겼고, 떡 벌어진 근육질의 사내다.

그렇지만…….

'이제 제법 연기를 하는군.'

어릴 때에 비해 많이 늘었다. 그때는 속내를 감추지도 못하던 철부지 애송이였는데 시간이 많이 흐르긴 한 모양이다.

이제는 제법 친근한 척하는 것이 그럴 듯하다.

"어? 너, 설무린이야?"

옆에서 들려오는 경쾌한 목소리에 적사문을 바라보며 입꼬리를 올리던 설무린이 고개를 돌렸다.

여전히 시끄러운 목소리다.

십 년 전과 전혀 변한 게 없다.

"여전히 선머슴 같습니다."

“뭐라고?”

야수궁의 다음 궁주로 지목된 것은 여인이었다. 사뇌영에게는 자식이 단 하나뿐이다.

외동딸인 사도혜(思燾慧)다.

다행스럽게도 사도혜는 사뇌영을 닮지 않았다. 만약 그를 닮았다면…….

“후후!”

사뇌영과 사도혜를 번갈아 바라보던 설무린이 뭔가 알 수 없는 미소를 지었다. 사도혜는 자신을 비웃는다고 느꼈는지 두 눈에 힘을 주고 그를 노려봤다.

“왜 웃어?”

“아아, 아무것도 아닙니다. 그저 다행이라는 생각이 조금 들어서요.”

“너!”

사도혜가 소리를 지르면서 자리에서 일어나려고 할 때였다. 사뇌영이 부드럽게 타이르는 듯이 말했다.

“녀석, 지금은 잠시 참도록 해라. 이야기를 할 시간은 많으니까.”

말을 마친 사뇌영이 설무린에게 눈짓을 했다. 설무린은 그가 무슨 말을 하려는지 알아차렸다. 더는 시끄럽게 하지 않고 설무린은 설수진의 옆에 가서 앉았다.

설수진은 여전히 그 알 수 없는 미소만 지은 채로 주변을 두리번거렸다.

설무린까지 자리에 앉자 다소 시끄러웠던 분위기가 가라앉았다.

설군표가 자리에서 일어났다.

거대한 방 안에 있는 사람들의 시선이 모두 설군표에게 쏠렸다. 이백에 가까운 인원이 이 안에 있다. 그리고 이들이 실질적인 삼궁의 실세들이라고 봐도 무방하다.

물론 태양궁과 야수궁은 절반 정도의 인물은 본궁에 남겨두기는 했지만 이곳에 모인 자들 중에 어중이떠중이는 없다.

"모두 이곳까지 오시느라고 고생이 많으셨소이다. 이 자리는 십 년에 한 번 있는 삼궁의 화합을 도모하는 자리요. 먼 거리에도 불구하고 북해빙궁까지 찾아온 태양궁과 야수궁의 손님들께 감사의 뜻을 전하오."

설군표의 입에서 의례적으로 하는 말이 쏟아져 나오기 시작했다. 그걸 알면서도 사람들은 그의 말을 경청하고 있었다.

의자에 몸을 기댄 채로 앉아 있던 설무린이 눈을 비볐다. 꽤나 지루한 말들이 계속해서 설군표의 입에서 흘러나오고 있다. 중요한 자리가 아니었다면 애초에 참석하지도 않았을 것이다.

그리고 설무린과 마찬가지로 이러한 자리가 꽤나 불편해 보이는 한 여인도 있다.

사도혜는 반 각이 넘어선 후부터 몸을 비비 꼬기 시작하더니 지금에 와서는 거의 울상을 짓고 있다.

심심했던 설무린으로서는 그만큼 좋은 구경거리도 없었다.

사도혜는 감기려는 두 눈에 바짝 힘을 주고 설군표를 응시했다. 그렇지만 평소 자유분방하게 살아가던 그녀로서 이런 자리는 꽤나 고역이었다. 더군다나 며칠 동안 낯선 잠자리 탓에 제대로 잠도 자지 못했다.

'어휴…….'

막 한숨을 참으며 무릎을 꼬집던 사도혜는 자신에게 향하는 시선을 느끼고는 그곳을 향해 고개를 돌렸다.

설무린이 그녀를 보면서 재미있다는 표정을 짓고 있다.

'저 자식이!'

갑자기 잠이 확하니 달아났다.

설무린은 사도혜가 자신을 노려보자 슬쩍 시선을 돌렸다. 사도혜가 계속해서 바라보는 것을 알았지만 끝까지 설무린은 모르는 척 시치미를 뗐다.

"…바라는 바요."

꽤나 길었던 설군표의 말이 끝났다. 사람들이 박수를 치면서 이야기의 끝을 알렸다.

그가 자리에 앉자 다시금 장내는 소란스러워지기 시작했다.

사도혜가 자리에서 벌떡 일어나 설무린이 있는 곳으로 다가왔다. 그녀는 바로 독설을 내뱉으려다가 옆에 있는 매여령과 설수진 때문에 멈칫했다.

그녀는 먼저 매여령에게 인사를 건네고는 설무린을 쏘아보면서 말했다.

"아래로 내려가지?"

"무슨 일입니까?"

"내려가서 이야기하자니까?"

사도혜는 설무린보다 한 살이 많았다. 상대가 꼬박꼬박 존대를 하는데 오히려 그게 더 약이 오르게 만든다.

그녀가 계속해서 씩씩거리자 설무린은 못 이기는 척 자리에서 일어났다. 왜 사도혜가 그토록 성이 났는지 잘 아는 그다. 굳이 피할 필요도 없다.

설무린은 사도혜의 뒤를 쫓아 사람들 사이로 몸을 감췄다.

적당히 거리를 벌리자 사도혜가 설무린을 바라보며 쏘아붙이기 시작했다.

"왜 웃어?"

"원래 천성이 잘 웃습니다."

"아냐. 분명 나를 보고 웃었단 말이지."

"글쎄요……."

설무린이 또 웃으면서 대답하자 사도혜는 이마에 핏줄이 솟구쳤다. 짜증이 와락 났지만 딱히 뭐라고 더 쏘아붙일 이유도 없다.

옛날 기억이 갑작스럽게 떠오른다.

십 년 전 어린 나이에 봤음에도 불구하고 설무린에 대한 기억은 아직까지도 지워지지 않는다.

그만큼 첫 인상이 강렬했던 게다.

열 살 정도밖에 되지 않은 꼬맹이가 등에는 자신의 키만 한 검을 차고 야수궁에 모습을 드러냈다.

사도혜는 설무린의 기이한 모습에 관심을 보였다. 특히 그 아이가 북해빙궁의 소궁주라는 말에 더더욱 호기심을 가졌다.

북해빙궁에 어울리는 하얀 피부를 지닌 아이였다. 그리고 그 두 눈에서는 얼음과도 같은 차가움을 토해냈다.

다가가기만 하면 얼어붙어 버릴 것만 같던 그때 설무린의 눈빛은 아직까지도 사도혜에게서는 지워지지 않는 기억이었다.

그런데 십 년이 지난 오늘 만난 설무린은 그때와 전혀 다른 사람이 되어버렸다.

키가 훌쩍 컸다. 하얗던 피부도 여전하고 외모도 곱상한 것이 꼭 여자로 착각할 법도 하련만, 그 안에서 알 수 없는 사내의 매력이 물씬 풍겨 나온다.

가장 중요한 것은 표정이 생겼다는 거다.

언제나 차가운 얼굴로 상황을 바라보던 아이였거늘 지금

의 설무린은 웃을 줄 아는 사내이다.

그때 그 둘을 향해 누군가가 다가왔다.

"여기들 있었구나."

"아, 적 오라버니."

사도혜는 다가오는 자가 누구인지 알아차렸다. 태양궁의 소궁주인 적사문이 이 둘을 향해 다가온 것이다.

적사문이 사도혜를 향해 말했다.

"도혜는 더 예뻐졌구나. 처음에 보고는 못 알아볼 뻔했잖느냐."

"깔깔! 오라버니는 여전하네요."

"허어, 그거 칭찬인가?"

"그럴 걸요?"

둘은 서로 얼굴을 바라보며 웃으며 대화를 나누기 시작했다. 설무린은 둘에게서 관심을 끊고 바로 옆에 있는 벽에 몸을 기댔다.

이런 자리는 천성적으로 맞지 않는다.

거기다가 이곳에는 그리 같이 있고 싶지 않은 자들도 우글거리고 있다. 아마 그의 아버지인 설군표 또한 매한가지리라.

벽에 기댄 채로 옆을 바라보고 있는 설무린을 적사문은 곁눈질로 살폈다. 그의 눈동자가 차갑게 빛났다.

설무린은 적사문의 눈동자가 잠시 스치고 지나간 것을 알아차렸다. 그럼에도 불구하고 그는 모르는 척 태연하다.

적사문은 태양궁이라는 이름에 맞는 붉은색 장포를 걸치고 있다. 그에 반해 설무린은 하늘색 나풀거리는 가벼운 옷차림이다. 그러한 작은 차이에서도 둘의 느낌은 확연하게 갈라졌다.

"무린아."

적사문이 갑작스럽게 설무린을 부른다. 그는 고개를 돌려 적사문을 바라봤다.

"그 검이 이제는 네게 잘 어울리는구나."

"그렇습니까? 전 이놈을 팔아먹을까 고민 중인데."

적사문은 일순 할 말을 잃었지만 애써 태연하게 말을 이었다.

"많이 변한 것 같구나."

"나이를 먹었으니까요. 그리고 변한 건 나뿐이 아닌 것 같습니다. 후후!"

뭔가 알 수 없는 의미심장한 웃음을 흘리며 설무린이 말했다. 적사문은 자신도 모르게 그 웃음 앞에서 위축됨을 느꼈다. 그저 가벼운 웃음일 뿐인데 마치 속내를 읽힌 듯한 기분이 갑자기 들어버렸다.

알 수 없는 일이다.

'재수없는 놈.'

십 년 전에도 그랬다.

설무린을 처음 보는 그 순간 적사문은 참을 수 없는 불쾌감을 느꼈다. 지금은 그런 감정을 쉽게 감출 수 있을 정도로 성숙했지만 그때의 적사문은 너무나 어렸다.

불쾌함을 참지 못했던 적사문이 어른들이 자리를 비운 틈에 설무린을 두드려 팼던 것이다.

당시 거의 무공을 익히지 못했던 설무린으로서는 어렸을 적부터 태양궁의 무공을 익혀온 적사문을 이길 리 만무했다.

그렇지만 그렇게 두들겨 맞으면서도 설무린은 비명 한 번 지르지 않았다.

오히려 등에 진 검을 꼭 잡은 채로 적사문을 노려보기만 했다. 그 눈빛에 흥분한 적사문은 설무린을 죽기 직전의 상태로까지 몰아넣어 버렸다.

그 탓에 가뜩이나 좋지 않던 두 궁의 사이가 더 벌어졌다. 다행스럽게도 설무린이 목숨을 잃지 않아 북해빙궁과 태양궁의 전쟁으로까지는 발전하지 않았다.

설무린을 보는 것만으로도 역겨웠지만 적사문은 속내를 숨기며 오히려 화해의 손을 내밀었다.

"설마 아직도 그날의 일을 마음에 두고 있는 게냐? 그때는 우리가 너무 어렸다. 정말 미안하게 되었구나. 하지만 난 우리 사이에 앙금이 남아 있지 않기를 바란다. 어릴 때의 일로 앞으로 두 궁의 미래를 망칠 수는 없지 않겠느냐."

"앙금이라니요? 그런 게 남았을 리가 없지요."

"하하! 정말 다행이구나."

“그럼 잠시 자리를 비우겠습니다.”

“무슨 일이 있느냐?”

설무린이 자신의 배를 손으로 문지르면서 말했다.

“배가 비명을 지르는군요, 먹을 것 좀 달라고. 그럼.”

말을 마친 설무린은 몸을 홱 돌리고 음식들이 가득 있는 식탁을 향해 다가갔다.

그런 설무린의 뒷모습을 바라보던 적사문의 입술이 비틀렸다. 새어 나오려는 비웃음을 감추기 힘들다.

꽤나 대범한 척하지만 적사문은 설무린을 언제든지 손봐줄 수 있는 상대라고 생각했다. 비록 지금 그가 북해빙궁 역사상 최고의 기재라고 불린다고는 하지만 그건 어디까지나 북해 안에서이다.

‘기회가 난다면 이번엔 네 목숨을 거두어갈 게다.’

적사문과는 다르게 사도혜는 설무린을 바라봤다.

많은 것이 변했지만 단 하나 변하지 않은 게 있다. 왠지 모르게 위험한 느낌이 풍긴다는 것.

매력이 있다.

왠지 모를 그 위험함에 알 수 없는 끌림을 받는다.

‘한 살 차이 정도야 뭐……’

사도혜는 멀어져 버린 설무린을 생각하면서 속으로 중얼거렸다.

그런 둘의 각기 다른 생각을 아는지 모르는지 설무린은 음식 앞에 서서 먹는 것에만 몰두하고 있다.

주변에 있는 사람들이 설무린을 보면서 수군수군거린다.

신경 쓰지 않는다. 북해빙궁의 소궁주라는 지위는 주목받을 수밖에 없는 자리다.

음식을 입 안에 집어넣으며 설무린은 그 알 수 없는 미소를 흘린다. 주변에 있는 사람들이 넋을 잃을 정도로 아름답다.

그렇지만…….

'네놈 따위에게 앙금 따위가 남을 리가 없잖느냐.'

설무린은 고개를 돌려 적사문을 바라본다. 사도혜와 웃으면서 이야기를 하는 그를 보며 설무린이 다시금 미소를 지었다.

'넌 내 적수가 안 돼.'

이미 설무린에게서 적사문은 관심 밖의 인물이다.

적사문보다 오히려 눈앞에 놓여 있는 휘황찬란한 음식에 더 관심이 간다. 아마 이 사실을 알았다면 태연한 척 애쓰던 그조차도 평상심을 무너뜨렸을지도 모른다.

사방에서 쏟아지는 눈빛에도 설무린은 무덤덤했다. 태양궁과 야수궁에서 온 자들의 것일 거다. 그들로서는 북해빙궁의 소궁주를 볼 기회는 십 년에 한 번 있는 오늘 같은 회합 자리가 아니면 불가능하다.

높은 단상에 앉은 설군표와 야수궁의 궁수인 사뇌영이 대화를 나누는 동안 적운강의 눈은 설무린을 쫓았다.

대화를 나누어본 것은 아니지만 십 년 전과는 확연하게 달라졌다는 것이 눈에 보인다.

'여유가 생겼어. 십 년 전에는 궁지에 몰린 쥐새끼 같았는데… 이제는 사냥감을 어떻게 요리할까 고민하는 야수로 보이는군. 훗날 귀찮아질지도 모르겠어.'

그렇게 설무린을 쫓는 적운강을 설군표가 슬쩍 바라봤다. 사뇌영과의 대화는 끊어지지 않고, 이야기에 열중하는 듯하지만 그건 겉모습일 뿐이다.

같은 자리에 있지만 서로 다른 생각들이 머릿속에 가득하다.

설무린을 어떠한 마음으로 바라보는지 어렴풋이 알고 있지만 설군표는 못 본 척했다. 어차피 결국은 벌어질 일이고, 지금 어떻게 할 수 있도 일이 아니다.

그저 기다릴 뿐이다.

태양궁주가 움직일 그날을.

그렇게 자리에 앉아 사뇌영과의 대화를 꽃피우던 설군표는 이곳을 나가는 설무린의 모습에 슬며시 말을 접었다.

설군표가 자리에서 일어났다.

"잠시 자리 좀 비우겠소이다."

"어딜 가시려는 거요?"

"거참, 뒷간이라도 가는 거면 어쩌시려고 그런 걸 묻는 겁니까."

"하하! 하하하! 알겠소. 묻지 않을 테니 어서 다녀오시오."

설군표의 말에 사뇌영이 시원한 웃음을 터뜨리며 말했다. 사뇌영은 생긴 거답게 호탕하면서도 속이 넓은 인물이다. 그러면서 절친한 이에게는 모든 걸 주는 그러한 자다.

그 와중에서도 자신을 쏘아보는 적운강을 못 본 척하며 설군표는 몸을 돌렸다.

그가 단상을 내려가 사람들이 가득한 방을 빠져나갔다.

방을 나서자 차가운 바람이 주변을 휘몰아친다.

그렇지만 마음은 오히려 훈훈해진다. 이것이 바로 진정한 북해의 한풍이다.

넓은 연회장은 꽤나 따뜻하게 꾸며져 있다. 태양궁과 야수궁 모두 따뜻한 곳에 위치해 있다. 그 탓에 그들은 추위에 익숙하지 않다. 손님을 위해 일부러 방 안을 따뜻하게 해놓은 것이다.

설군표는 주변을 두리번거리다가 먼 곳에서 슬쩍 보이는 그림자를 발견하고는 발을 옮겼다.

막 건물 모퉁이를 돌았을 때다.

설무린이 모퉁이를 보면서 서 있다. 마치 설군표가 올 것을 알기라도 했던 것처럼 말이다.

설군표를 본 설무린은 몸을 돌려 어두운 밤하늘을 올려다본다.

설군표가 아들의 옆에 와서 섰다. 그 또한 고개를 들어 설무린과 같은 곳을 응시했다.

둘은 아무런 말도 하지 않았다.

한참을 침묵하던 설군표가 입을 열었다.

"적사문이 말을 거는 것 같더구나."

설무린은 대답하지 않았다. 하지만 설군표는 계속해서 말을 이어갔다.

"어렸을 때 네가 그놈한테 신나게 얻어터졌지, 그 때문에 나는 태양궁을 뒤집어 버리려고 했고."

"큭큭! 겨우 어린애 싸움 하나 때문에 태양궁을 뒤집으려고 한 것은 아버지뿐일 겁니다."

입을 닫고 있던 설무린이 대꾸했다.

설군표는 고개를 저으면서 설무린의 말에 반박했다.

"아니. 네놈이 있잖느냐. 네놈도 분명 그리할 놈이야."

"제가요? 사람 잘못 봤습니다. 전 그런 사소한 일에 연연하는 놈이 아닌지라……."

"그건 두고 보면 알 일이지."

설군표는 의미심장한 말을 던지고는 입을 닫았다. 설무린은 입을 꾹 닫은 채로 하늘을 올려다보는 그의 얼굴을 바라봤다. 뭔가 속에 감추고 있는 듯한데 그것이 뭔지 모르겠다.

언제나 그래왔다. 알 수 없는 말들, 그렇지만 그 속에 뼈가 담겨져 있을 게다.

가장 밝게 빛나는 북극성(北極星)을 홀린 듯이 바라보던 설군표가 말했다.

"언젠가 될지는 모르겠지만… 소중한 것은 반드시 지켜야
한다, 내가 너를 위해 싸웠던 것처럼."

"꼭 어디 멀리 가실 것처럼 이야기하시는군요."

"그리 들리느냐?"

"그리 들립니다만."

"반은 맞았고, 반은 틀렸다."

점점 대화가 복잡해진다. 설무린은 됐다는 듯이 손을 휘저
었다. 설군표가 이리 나오는 이상 대화가 길어져 봤자 똑같
다. 점점 머리만 아파올 게 분명하다.

"제대로 말해주실 생각 없으시면 그만두시죠. 머리만 아픕
니다."

"내가 말해주지 않아도 네가 알게 될 게다."

말을 하면서 설군표가 픽하고 웃어버렸다. 항상 이런 식의
대화를 나누기에 누가 본다면 둘의 사이를 오해할지도 모른
다. 그리 좋아 보이지 않는 부자지간이라고 생각해도 할 말은
없다.

하지만 설무린을 바라보는 설군표의 눈빛은 부드러웠다.

친 혈육은 아니지만 굳이 피를 나눠야만 부자지간이 되는
건 아니다. 만약 설무린을 자식이라고 생각하지 않았다면 십
년 전 그날 단신으로 태양궁의 무인들과 싸움을 벌이지도 않
았을 게다.

사람들은 쉬쉬하고 있지만 알 사람은 다 아는 이야기다.

십 년 전 야수궁의 회합에서 설무린이 적운강의 아들인 적사문에게 얻어맞아 사경을 헤맬 때였다. 혼절한 설무린의 옆자리를 지키고 있던 설군표가 갑작스럽게 바람 좀 쐬고 온다고 나섰다.

그리곤 사단이 일어났다.

단 한 명의 수하도 이끌지 않고 설군표는 태양궁의 인물들이 있는 곳으로 쳐들어갔다.

한풍이 휘몰아쳤다.

야수궁이 있는 남만이 얼어붙어 버렸다. 그 정도로 설군표의 분노는 대단했다.

평소 함부로 무공을 보이지 않던 그다. 새외삼궁의 궁주 중에서 가장 약할지도 모른다는 평가가 확 뒤바뀐 순간이었다.

나찰(羅刹)!

그 모습은 실로 나찰이라고밖에 표현할 수 없었다, 막아서는 모든 것이 얼어버렸고 부서졌으니.

설군표가 움직이는 곳은 모두 얼어붙어 버렸고, 태양조차도 북해의 얼음을 녹이지 못했다.

만약 야수궁의 궁주인 사뇌영이 설무린이 눈을 떴다며 말리지 않았다면 태양궁주와의 싸움까지도 번졌을지 모르는 일이다.

팔짱을 낀 채로 서 있던 설군표가 말했다.

“잊지 말거라. 넌… 무슨 일이 있더라도 내 아들이다.”

설무린이 채 대꾸도 하기 전에 그는 몸을 돌렸다. 이제 할 말을 다 했다는 듯이 설군표가 걸어가기 시작했다.

가만히 있던 설무린이 입을 열었다.

“북해동에서 북해라는 사람을 만났습니다.”

“…그래?”

“북해라는 사내는 아버지를 알더군요.”

“내 그림자무사였다.”

“들어서 압니다.”

설무린은 북해를 만났다는 말에 설군표가 전혀 동요하지 않고 있다는 것을 알아차렸다. 추측하고 있던 것이 사실일지도 모른다는 생각이 퍼뜩 떠오른다.

무공을 익히려면 북해동으로 가라고 했던 것은 바로 설군표다.

어쩌면…….

북해와 만난 것을 우연이라고 생각했다. 하지만 그것이 잘하면 필연이었을지도 모른다는 생각이 든다. 그런 생각이 들사 실무린은 숨기지 않고 말했다.

“애초부터 북해를 만나게 하려던 겁니까?”

“그의 검을 보았느냐?”

동문서답이다.

그런데도 불구하고 익숙한 듯이 설무린은 설군표의 질문

에 답했다.

"단 한 번도 못 봤습니다."

"북해의 검을 쫓아라. 그의 검을 뒤쫓을 수만 있다면 너는 진정한 북해빙궁을 알게 될 게다."

"그가 그토록 대단합니까?"

설군표가 몸을 반쯤 돌려 그를 바라봤다. 그의 눈동자가 미미하게 흔들렸다.

과거의 일들이 주마등처럼 머리를 스치고 지나갔다. 유일하게 자신의 등을 맡기고 함께할 수 있었던 사내의 모습이 떠오른다.

설군표가 추억에 젖은 목소리로 말했다.

"나에게 단 한 명 싸우고 싶지 않은 상대를 꼽으라면 나는 무림맹의 맹주도, 마교의 교주도 아닌 북해를 꼽을 것이다."

"비슷한 말을 하시는군요."

"비슷한 말이라니?"

"북해도 말했습니다, 무림에서 가장 강한 것은 바로 아버지라고."

"하하하!"

설군표가 시원하게 웃는다.

정말로 이토록 즐겁게 웃는 설군표의 모습은 처음 보는 것 같다. 전혀 거짓이나 위선이 보이지 않는 웃음이다.

웃음을 멈추며 다시 가려던 길을 향해 발걸음을 옮기던 설군표가 멈칫거리면서 뭔가 망설였다. 잠시 동안 머뭇거리던 그가 마침내 속에 감추었던 말을 꺼냈다.

"그 친구에게… 나는 건강하다고, 꼭 몸 성히 있어달라고 전해주거라."

"그리하지요."

설군표는 바로 연회장으로 돌아가지 않았다. 그는 설무린과 멀어져 아무도 없는 곳으로 향했다.

입가에 달린 미소가 사라지지 않는다.

유쾌했던 설군표는 이내 태양궁의 깃발을 발견하고는 웃음을 거두었다. 그는 북해의 바람에 펄럭이는 태양궁의 깃발을 바라보며 속으로 되뇌었다.

'분명 불은 얼음을 녹이지만 북해의 얼음은 그 무엇으로도 녹이지 못해, 설령 그것이 태양이라고 할지라도.'

설무린은 강해져야 한다.

수년 안에 일어날 그 일을 위해서라도.

第六章
사도혜(思燾慧)

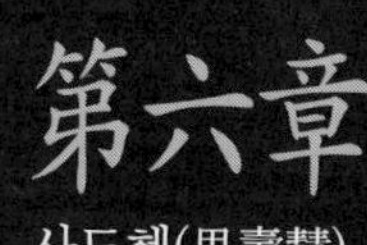

맹수를 타고 다니는 여인

　잠에 빠져 있던 사도혜가 꿈틀했다. 무엇인가 무거운 것이 배를 짓누른다. 그녀는 힘겹게 눈을 떴다. 꽤나 오래 잤는지 이미 해가 중천에 떠 있다.

　그녀는 자신의 배 위에 올라가 있는 거대한 것을 손으로 밀어내면서 말했다.

　"안 비키면 딩장에 숱 안에 넣어버릴 거야."

　크릉!

　낮게 우는 놈의 정체는 거대한 백호였다.

　보통의 범보다 훨씬 거대한 놈이 기분이 좋았는지 꼬리를 동그랗게 말아 세웠다. 사도혜가 머리를 쓰다듬어 주자 놈은 간지럽다는 듯이 바닥을 뒹굴었다.

그런 모습에 심통이 났는지 사도혜는 백호의 꼬리를 잡고 이리저리 잡아당기며 말했다.

"백풍(白風)! 또 한 번 내 단잠을 깨우면 용서하지 않는다?"

쿵!

야수들의 왕인 범. 그중에서도 백호는 영물이라고까지 불리는 존재다. 그런 백호가 갓 스물이 넘은 여자 아이의 앞에서 설설 기고 있다.

백풍이라는 이름을 지닌 백호가 갑자기 귀를 쫑긋 세웠다.

발자국 소리를 들은 탓이다. 누군가가 방 앞에 다가와 문을 두드렸다.

"누구야?"

"아가씨, 일어나실 시간이에요."

익숙한 목소리. 사도혜의 옆에서 그녀를 보살펴 주는 유모임이 분명하다.

문이 열리면서 중년의 여인이 모습을 드러냈다. 사도혜의 예상대로 모습을 드러낸 것은 유모였다. 그녀의 모습을 본 사도혜는 무엇인가 퍼뜩 생각나 다급하게 물었다.

"앗! 유모! 지금 몇 시야?"

"그게… 해가 중천에 걸렸으니……."

"큰일 났네!"

사도혜는 침상에서 날아오르듯이 일어나서 다급하게 벗어

둔 옷을 챙겨 입기 시작했다. 그녀의 서두르는 모습이 낯설었는지 유모는 수상한 눈빛으로 사도혜를 바라봤다.

게슴츠레하게 자신을 바라보는 유모의 눈빛에 뭔가 찔리는 게 있는 사도혜는 헛기침을 하면서 몸을 돌렸다.

"아가씨… 무슨 일 있나요?"

"있기는, 뭘."

"그런데 아침부터 옷을 빼입고 그래요? 평소에는 편한 옷차림이 좋다며 제가 말려도 이상한 것들만 입고 다녔잖아요."

"그거야 야수궁에 있을 때나 그랬지. 손님으로 왔으니 최소한 예의는 지켜야지. 틀려?"

"맞기는 한데……."

그런 거에 신경 쓰는 사람이 아니지 않느냐고 물으려던 유모는 말끝을 흐렸다. 괜히 건드려 봤자 성을 냈음 냈지 속내를 보일 것 같지가 않아서이다.

거울까지 보면서 옷을 차려입은 사도혜는 자신의 모습을 한번 살피더니 이내 유모에게 물었다.

"유모, 어때? 괜찮아?"

"아가씨는 얼굴이 예쁘니까 뭘 입어도 어울려요."

"정말?"

"정말요."

사도혜는 유모의 말에 기분이 좋아진 모양이다. 기분이 좋

아져 웃고 있던 그녀는 정신을 차리고 급하게 밖으로 뛰쳐나
가면서 소리쳤다.

"유모! 잠시 북해빙궁 소궁주 좀 만나고 올게! 백풍, 따라
와!"

따라오라는 말이 끝나기가 무섭게 백풍의 몸이 방에서 사
라졌다. 흰색 바람이라는 이름에 어울리게 민첩한 움직임이
다.

사도혜와 백풍이 사라지자 유모는 고개를 저으면서 웃음
을 지었다. 철이 없어 보이는 사도혜지만 자신에게만큼은 딸
과도 같은 아이다.

유모는 사도혜가 어지럽혀 놓고 사라진 방을 보면서 한숨
을 푹 쉬었다.

방을 벗어난 사도혜는 그대로 백풍과 함께 거처를 벗어나
서 걷기 시작했다. 가는 곳은 소궁주인 설무린이 있는 곳이
다.

사람들의 시선이 모두 사도혜에게로 쏠렸다. 그녀 자체도
대단한 미인이기도 하지만 더 큰 문제는 옆에서 어슬렁거리
며 따라오는 백풍 때문이다.

백풍을 보고 놀라면서 피하는 사람들은 있었지만 큰 동요
는 없었다. 야수궁이 이곳에 와 있음을 모르는 이는 아무도
없다. 그랬기에 다소 신기하다는 눈길만 보낼 뿐이지 그 외에

딱히 일이 벌어지지는 않았다.

가는 종종 설무린의 거처를 물으면서 걷던 그녀는 어렵지 않게 그곳을 찾아냈다.

소궁주의 거처에 이르자 그곳을 지키는 자들이 사도혜를 막아섰다.

이곳은 단지 소궁주의 거처만이 아니다. 이 안에 북해빙궁 궁주의 가족들이 살고 있기 때문이다.

비록 나이는 어리지만 범상치 않아 보이는 백호를 데리고 다니는 여인이다. 무인들은 실수를 범하지 않았다.

한 명이 공손하게 물었다.

"신분이 어찌 되십니까?"

"사도혜. 야수궁 소궁주야."

너무나 자연스럽게 하대가 흘러나왔지만 충분히 그럴 만한 위치에 있는 여인이다. 문을 지키던 무인들이 급히 고개를 숙였다.

새외삼궁의 하나인 야수궁의 소궁주다. 아무리 여인이라고 해도 얕잡아 보거나 무시할 수 없다.

"어떤 분을 뵈리 오셨는지요."

"설무린 안에 있어?"

"소궁주님은 안에 계시긴 합니다만……."

사전에 약속을 했느냐고 묻는 것이다. 그러한 눈치에 사도혜는 고개를 저으면서 대답했다.

"약속 같은 건 안 했어. 그냥 들어가서 내가 왔다고 전해
줘."

"그리하겠습니다."

망설였지만 상대가 상대이니만큼 어쩔 수 없이 문을 지키
던 무인 중 하나가 안으로 들어갔다.

사도혜는 당당하게 서 있던 백풍의 등에 올라탔다. 백풍은
고분고분했지만 그건 그녀에 한해서다.

만약 사도혜가 아닌 다른 누군가가 백풍의 등에 타려고 했
다면 당장이라도 날카로운 이빨을 들이밀었을 게다.

백풍의 등에 앉은 채로 설무린을 기다리던 사도혜는 시간
이 흐를수록 점점 짜증이 나기 시작했다. 천성적으로 기다리
는 걸 하지 않는 여인이다. 그랬기에 지금의 상황이 답답했던
모양이다.

"도대체 언제 나와?"

"아직 들어간 지 얼마 되지 않았습니다. 잠시 기다려 보심
이……."

"쳇."

사도혜는 백풍의 털을 쓰다듬으며 문을 바라봤다. 그녀가
짜증을 부린 지 얼마 되지 않아서 닫혔던 문이 열리며 누군가
가 걸어나왔다.

익숙한 얼굴에 사도혜가 손을 들어 그를 반겼다.

"왜 이렇게 늦어?!"

"무슨 일입니까?"

"무슨 일이긴, 손님이 왔으면 심심하지 않게 해줘야지. 나보고 방구석에 쿡 처박혀서 돌아갈 때까지 기다리라는 거야?"

사도혜가 성을 냈지만 설무린은 전혀 표정 변화 없이 그녀를 바라봤다. 한마디로 말하면 놀아달라고 이곳까지 왔다는 것이 아닌가.

설무린의 시선이 자연스럽게 그녀가 어루만지는 백호에게로 향했다. 거대한 몸집의 범이 그를 노려보면서 눈을 빛내고 있다.

'보통 놈이 아니군.'

야수궁에 어울릴 만한 기품을 지닌 놈이다.

설무린은 다시금 사도혜를 바라보면서 입을 열었다.

"이래 봬도 좀 바쁜 몸이라서 말입니다."

"바쁘긴 뭐가 바빠?"

막무가내로 밀고 들어온다. 하지만 사도혜가 이런 여인이라는 걸 설무린은 예전부터 알았다.

사실 오늘 밤에 새외삼궁의 궁주와 소궁주들의 만나는 자리만 없었다면 설무린은 어제 연회가 끝나기가 무섭게 북해동으로 돌아갔을 게다.

사도혜가 투덜거리듯이 말했다.

"어차피 오늘 밤까지 할 일도 없잖아."

"할 일이야 많지요. 잠도 자야 되고……."

"지금 잠을 자는 게 내 부탁보다 중요하다는 거야?"

"놀아준다고 해서 제게 무슨 이득이 있습니까. 이득없는 행동은 하지 말자는 주의라서."

"놀아줘? 이게!"

버릇처럼 손을 들어올리던 사도혜가 멈칫했다. 지금 이러려고 온 것이 아니지 않는가.

그렇지만 사도혜의 행동에서 무엇인가를 느꼈는지 백풍이 이를 갈면서 울기 시작했다.

크앙!

당장이라도 설무린에게 달려들 것만 같은 기세다.

"그만!"

사도혜가 백풍에게 소리를 지르고는 설무린에게 고개를 돌렸다. 미안하다는 말을 하려던 그녀였지만 말이 목구멍으로 넘어가 버렸다.

거대한 백호를 바라보는 설무린의 눈이 재미있다는 듯이 빛나고 있는 탓이다.

"큭큭, 이 커다란 강아지가 사람을 재미있게 하는군요."

"커다란 강아지라니! 백풍은 엄연한 맹수라고!"

"맹수라면… 자신보다 강한 자를 알아봐야지요."

설무린이 웃으면서 말했다.

할 일도 없어서 심심하던 차에 재미있는 장난감을 발견한 기분이다. 설무린이 사도혜에게 말했다.

"안으로 드시지요. 재미있는 장난감을 가지고 있어서 특별히 시간을 내주는 겁니다."

"자꾸 재미있는 장난감이라고 할래?"

사도혜의 말을 무시한 채로 설무린이 안으로 성큼 들어갔다. 그녀는 눈에 쌍심지를 켜면서도 그의 뒤를 쫓았다.

설무린은 내원의 구석진 곳을 찾아서 걸었다. 백호하고 노는 꼴을 어머니가 본다면 기겁을 할 게 분명해서다.

사람이 인적이 없는 곳에 도착하자 설무린이 팔목을 걸어붙였다.

갑작스러운 그의 행동에 사도혜는 두 눈을 동그랗게 뜨고 물었다.

"무슨 뜻이야?"

"강아지랑 장난 한번 치려는데 허락해 주실 겁니까?"

"장난이라니? 설마 백풍하고 싸운다고?"

"싸우는 게 아니라 장난이라고 하지 않았습니까."

"미쳤어?"

사도혜는 진심으로 물었다.

지금 눈앞에 있는 것은 범이다. 물론 적당한 수준 이상의 무인이라면 범을 잡는 건 그리 어려운 일이 아니다. 하지만 문제는 결코 보통의 범이 아니라는 거다.

백풍은 어렸을 때부터 야수궁에서 훈련을 받은 백호다. 괜히 야수궁주인 사뇌영이 사도혜 옆에 둔 것이 아니다.

백풍은 강하다.

범이지만 무공을 익힌 무인들도 단숨에 찢어발겨 버릴 정도로 강하다. 그의 발톱은 칼날보다 날카롭고, 이빨은 그 어떠한 것도 찢어버리는 무서운 흉기다.

이길 수야 있겠지만 부상은 피할 수 없다.

사도혜가 딱 부러지게 말했다.

"하지 마."

"장난치다가 강아지가 다칠까 봐 그러십니까?"

"그것도 문제지만 너도 다쳐."

"걱정하지 않으셔도 됩니다. 제가 다칠 일은… 결코 없으니까요."

설무린의 말에 사도혜의 오기가 꿈틀했다. 이 백풍은 야수궁에서도 특별히 훈련을 시킨 놈 중 하나다. 그런 백풍을 강아지라고 부르면서 얕잡아보는 것이 맘에 들 리가 없다.

사도혜가 버럭 소리를 질렀다.

"네 맘대로 해! 대신 다쳐도 난 몰라!"

말은 그리했지만 다 생각이 있다. 위급한 순간이 발생하면 백풍을 멈추면 된다.

"후후!"

설무린이 손을 쭉 뻗은 채로 백풍에게 겨누었다. 그가 검을 들지 않자 사도혜가 말했다.

"검은?"

"검을 안 가지고 나와서요. 그냥 주먹으로 하겠습니다."

"등에 있잖아?"

"이건……."

빙마몽환검을 말하는 것이다. 이 검은 어렸을 때 그날 이후로 단 한 번도 뽑지 못했다.

그렇지만 설명해 줄 필요는 없다. 설무린은 태연하게 말을 돌렸다.

"강아지랑 장난치는데 칼까지 들면 우습지요."

"후회할 거야!"

"글쎄요."

여전히 웃음을 지우지 않은 채로 서 있던 설무린이 백풍을 향해 손가락을 까닥였다.

"와봐, 멍멍이."

사도혜의 입에서 명령이 떨어졌다.

"백풍, 싸워도 좋아."

눈을 깐 채로 그녀의 명령을 기다리던 백호가 두터운 발을 움직이기 시작했다.

백풍은 영리한 놈이다. 비록 범이라고는 하지만 놈은 함부로 행동하지 않았다. 주변을 돌면서 설무린에게서 빈틈이 생기기를 기다리고 있는 것이다.

맹수의 본성이 꿈틀거린다. 발톱을 일으켜 세웠고, 이빨은 날카롭게 드러냈다. 발톱이나 이빨에 스치기라도 한다면 온몸이 갈기갈기 찢겨져 나갈 것만 같다.

그리고 놈의 몸에서 진득한 살기가 묻어져 나온다.

맹수에게서나 느낄 수 있는 위압감이 설무린을 내리눌러오려고 한다. 마치 자연을 앞에 두고 있는 것만 같은 묘한 감정에 휩싸인다.

설무린은 주먹을 강하게 쥔 채로 백풍이 움직이기를 기다렸다.

검은 놓고 있지만 펼치려는 것은 설풍수라마검.

단지 손에 검이 들려 있지 않을 뿐이지 그의 머릿속에는 한 자루의 검이 그려져 있다.

'사초식 수라환영, 오초식 수라참극……. 네놈에게 어울리는 건 수라참극이다.'

발을 가볍게 튕겼다.

몸이 허공으로 살짝 들어올려지는 순간 백풍이 움직였다. 하얀 바람이라는 이름에 어울릴 정도로 매서운 속도로 백풍이 날아들었다. 단숨에 거리를 좁힌 놈이 앞발을 휘둘렀다.

단단한 쇳조각조차도 종이처럼 찢어버릴 것만 같다.

부웅!

날카로운 발톱을 설무린이 피해냈다. 일순 흐려지는 신형을 보며 사도혜는 안도의 한숨을 내쉬었다. 처음 일격에 혹시나 다치는 것이 아닌가 하고 내심 걱정을 했던 게다.

야수궁에도 북해빙궁에 대한 소식은 종종 들려온다. 화젯거리는 단연 북해빙궁 사상 최고의 기재라는 소궁주의 이야기다. 그렇지만 사도혜는 쉽게 믿지 않았었다.

십 년 전에 본 설무린은 결코 강하지 않았다.

신비스럽긴 했지만 강한 아이는 아니었다. 무공을 거의 모르다시피 해서 적사문에게 흠씬 두들겨 맞은 일도 있다. 그때 북해빙궁과 태양궁의 전면전까지 벌어질 상황까지 가지 않았던가.

소문은 전부 믿을 수 없다.

두 눈으로 보기 전까지 사도혜는 소문을 믿지 않았다.

하지만 전부 거짓말은 아니었던 모양이다.

설무린은 너무나 부드럽게 백풍의 공격을 피해냈다.

허공을 가르는 소리에 설무린은 등골이 오싹하면서도 입가에 자신도 모르게 미소가 걸려 버렸다.

"후후!"

입 밖으로 웃음소리가 흘러나온다. 손을 검처럼 세운 설무린이 가볍게 발걸음을 옮긴다. 먹이를 놓친 백풍의 눈빛이 더 날카롭게 빛났다. 백풍이 무겁게 몸을 움직였다.

크르릉!

낮지만 살기가 가득한 울음소리가 주변에 울려 퍼졌다.

이번에도 먼저 움직인 것은 백풍이다. 백풍의 앞발이 설무린의 가슴팍을 후려쳤다. 그렇지만 재차 그의 몸이 사라지자 백풍의 앞발은 허공을 갈라야만 했다.

하지만 그게 다가 아니었다.

설무린이 피한 방향을 향해 백풍이 몸을 날렸다. 이빨로 설무린의 목덜미를 물어버리려고 한 것이다.

백풍의 움직임을 예의 주시하던 사도혜가 급하게 싸움을 멈추게 하려고 했다.

그때 일이 벌어졌다.

'설풍수라마검 오초식 수라참극!'

손이 사방을 할퀴고 지나갔다. 백풍의 몸을 스치듯이 지나가며 설무린의 손이 수십 번이 넘게 놈의 몸을 긁었다.

백풍은 피하지 못했다.

설무린의 움직임은 너무나 변화무쌍했고, 그의 손 또한 마찬가지였다. 아무리 훈련을 받은 맹수라고 해도 북해빙궁의 이대검공이다. 피해낼 수 있는 그러한 것이 아닌 것이다.

스치듯이 지나간 설무린이 몸을 돌리더니 손을 툭툭 털었다. 하얀색 털이 그의 손에서 떨어져 내린다.

백풍이 몸을 돌렸다. 그의 눈에는 여태까지와는 비교도 할 수 없을 정도의 살기가 흘렀다.

크릉! 크르릉!

"이번에도 달려들면 이 정도로 안 끝나."

마치 사람에게 말을 하는 것마냥 설무린은 백풍에게 말을 했다. 그렇지만 백풍의 기세는 전혀 줄어들 생각을 하지 않았다. 싸움을 포기할 생각이 없는 게다.

상황이 커질 거라는 생각에 사도혜가 입을 열었다.

"백풍, 그만……."

막 몸을 날리려던 백풍이 몸을 굳힌 채로 멈추었다. 그것은 사도혜의 목소리 때문이 아니었다.

설무린의 몸에서 흘러나온 살기가 백풍을 멈추게 한 것이다. 맹수조차도 굳어버리게 할 정도의 어마어마한 살기가 그의 몸에서 흘러나왔다.

백풍은 몸을 움츠린 채로 설무린을 올려다봤다.

덤비면 죽는다.

말은 하지 않았지만 설무린은 그리 말하고 있는 게다. 마침내 버티다 못한 백풍이 뒷걸음질치기 시작했다.

"좋은 판단이다."

설무린이 살기를 거뒀다.

백풍이 급하게 뒤로 물러나 사도혜의 옆에 가서 섰다. 그러한 백풍의 모습에 사도혜는 기겁을 하고야 말았다.

이놈이 누구란 말이냐. 맹수들의 제왕인 범. 그중에서두 신묘하다고 알려진 백호다. 사도혜는 단 한 번도 겁에 질린 백풍을 본 적이 없었다. 그런데 지금의 백풍은 겁에 질린 듯한 모습이다.

놀라는 것은 당연하다.

"뭐야? 이 녀석, 왜 이래?"

살기가 쏘아진 것은 백풍 하나에게 뿐. 사도혜는 설무린이 쏘아냈던 살기를 느끼지 못했다. 만약 그녀 또한 살기를 받았다면 지금 이렇게 편한 얼굴을 하고 있지는 못했을 게다.

답을 아는 설무린이 모르는 척 시치미를 뗐다.

“제가 알겠습니까.”

“흐음, 수상하단 말이지. 분명 이유도 없이 겁을 집어먹을 놈은 아닌데…….”

그녀는 곁눈질로 설무린의 표정을 살폈다. 그렇지만 그는 여전히 알 수 없는 표정을 짓고 있을 뿐이다. 아무리 살펴도 설무린의 표정으로 상황을 알아내는 건 불가능해 보인다.

도저히 속내를 모르겠다.

사도혜는 고개를 숙이고 있는 백풍의 머리를 쓰다듬으면서 말했다.

“방금 그거 뭐야?”

“그거라니요?”

“방금 펼쳤던 무공 말이야. 권법인 것 같던데 좀 날카로워 보여서.”

“검법입니다.”

“검법?”

설무린이 고개를 끄덕였다. 그러자 사도혜는 놀란 눈으로 그를 바라보며 말했다.

“그럼 지금 검법을 그렇게 바꿔서 운용했다는 거야?”

"원리만 안다면 어렵지 않지요."

대수롭지 않다는 듯이 말했지만 사도혜는 야수궁의 소궁주다.

설무린이 말한 것은 틀렸다. 원리만 안다면 어렵지 않다는 건 거짓말이다.

검이 움직이는 길과 손이 움직이는 길은 다르다.

길이, 호흡 모든 게 다르다. 어찌 본다면 그것은 새로운 무공 하나를 창안하는 거라고 말해도 크게 다를 것이 없는 거다.

더군다나 부끄러운 말이지만 사도혜는 설무린의 움직임을 제대로 쫓지 못했다.

눈에서 뭔가가 일렁이는 듯하더니 손이 백풍을 스치고 지나갔다. 보지는 못했지만 승패는 단번에 알아차렸다. 만약 설무린의 손에 검이 들려 있었다면 백풍은 숨이 끊어졌을지도 모른다.

사도혜는 감탄한 눈으로 옷을 정리하고 있는 설무린을 바라봤다.

외모와 신기한 분위기에 빠졌었지만 또 한 가지에 반해 버렸다. 소문대로 설무린의 무공 실력은 엄청났다. 북해빙궁이나 야수궁을 이끌기 위해서는 강해야 한다.

'내 낭군님이 되려면 저 정노는 돼야지. 암, 그렇고말고.'

혼자의 상념에 빠져 있던 사도혜에게 다가온 설무린이 그녀의 어깨를 툭 치면서 말했다.

"뭐 하십니까?"

"엇!"

갑작스럽게 정신을 차린 사도혜는 설무린의 얼굴을 보고 얼굴을 붉혔다, 마치 자신의 생각이 들키기라도 한 것처럼.

"아, 아무것도 아니야. 난 이만 가볼게. 이따 밤에 보자고."

급히 말을 내뱉은 사도혜는 옆에 있는 백풍을 데리고 급히 내원을 빠져나갔다.

방금 전까지만 해도 같이 놀자며 행패를 부리던 여인이 갑작스럽게 행동을 바꾼 것이다.

설무린이 고개를 절레절레 흔들며 중얼거렸다.

"속이 훤히 다 보이는군."

그러한 사도혜의 모습이 밉지는 않지만…….

"우악스러운 여자는 별로인데 말이야."

설무린은 뒷머리를 긁으며 자신의 거처로 몸을 돌렸다.

사도혜가 나타나 잠시 시끄러웠던 북해빙궁의 내원은 이내 고요함을 되찾았다. 그렇게 점점 시간이 흘러 해가 모습을 감췄다.

방 안에만 있던 설무린이 자리에서 일어났다.

대충 시간이 됐다.

오늘 밤에는 새외삼궁의 궁주와 소궁주들이 모이기로 되

어 있다. 그 탓에 아직까지 설무린이 북해동으로 돌아가지 않은 것이기도 하다. 이 일만 끝나면 설무린은 바로 북해동으로 갈 것이다.

며칠 동안도 무공에서 손을 뗀 것은 아니지만 뭔가가 미흡하다.

무공에 미치고 싶다. 그러기 위해서는 북해동으로 돌아가야 한다.

왠지 모르게 북해도 보고 싶다. 몇 번 만나지 않은 사람인데 왠지 정감이 가는 사내다.

설무린은 준비를 다 마치고 석경(石鏡:거울)으로 자신의 모습을 바라봤다.

"다 됐군."

듣는 사람이 없지만 그는 나지막하게 말했다.

오늘 그 자리에 가는 것이 그리 마음이 내키지는 않는다.

새외삼궁의 궁주와 소궁주들이 모인다. 야수궁의 사람들이야 상관없지만 태양궁의 자들은 아버지나 아들이나 마음에 들지 않는다. 하지만 그렇기에 더더욱 가야 한다.

손에 움켜쥐고 있던 빙마몽환검을 등에 메는 걸로 준비를 끝마친 설무린이 방을 걸어나왔다.

약속 된 장소는 북해빙궁 내원에 준비되어 있는 방으로 설무린의 거저에서 그리 멀지 않는 곳이다.

반 각도 걸리지 않아 설무린은 약속된 장소에 도착했다. 그가 문을 두드리자 안에서 익숙한 목소리가 들려왔다.

"누군가?"

"접니다."

"들어와라."

설군표의 목소리다.

설무린은 문을 열고 안으로 들어섰다. 이미 그곳에는 자신을 제한 나머지 다섯이 자리하고 있었다.

"허허! 매번 가장 늦는구나!"

야수궁의 궁주인 사뇌영이 호탕하게 웃어 젖혔다. 늦은 설무린을 나무라는 것이 아니다. 그는 그러한 자잘한 것에 크게 신경 쓰는 사내가 아니었다.

'이크!'

설무린은 설군표와 눈이 마주치자 급히 고개를 돌렸다.

또다시 늦게 나타난 자신에게 분명 한소리 하지 못해서 안타까운 표정이 역력하다.

태양궁의 자들도 있는 이곳에서 자식을 나무라고 싶지 않은 모양인지 설군표는 애써 아무런 말도 하지 않고 억지로 웃었다.

"허허, 녀석. 일찍 오지 않고."

안 봐도 속을 아는데 설군표는 애써 웃으면서 말했다. 설무린이 빙긋 웃으면서 가볍게 대꾸했다.

"늦잠을 잤습니다."

"네놈은 매번……!"

설무린의 대꾸에 발끈했던 설군표의 말이 점점 작아지면서 이내 억지 미소를 다시 지으며 말을 이었다.

"늦으면 실례이지 않느냐."

"주의하지요."

말을 마친 설무린이 설군표의 옆자리에 앉았다. 그는 설군표의 강하게 움켜쥔 주먹을 보았다.

아마 눈앞에 태양궁의 자들만 없었으면 쌍장을 휘두르면서 설무린에게 달려들었을 게다.

"여하튼 설무린 이 녀석은 참 몰라보게 컸소이다."

사뇌영이 설무린을 바라보면서 말했다. 그도 연회에서는 말을 하지 않았지만 나타난 설무린의 모습을 보며 놀랐던 것이다.

거의 다른 사람이 되었다고 해도 좋을 정도로 설무린은 변했다.

사뇌영은 옆에 있는 적운강을 바라보면서 말했다.

"적 궁주는 알아보셨소?"

"뭐……."

적운강이 말을 끌면서 설무린을 바라봤다. 둘의 눈이 허공에서 부딪쳤다.

'당연히 알아봤지. 이 재수없는 눈동자를 어떻게 잊을까.'

설무린의 눈은 너무나 깊었다. 그를 대하고 있으면 왠지 모르게 짜증이 치민다. 설군표와 마찬가지로 속내를 전혀 알 수 없게 만드는 그 두 눈동자가 너무나 싫다.

'네 부자의 그 눈들을 내가 뽑아버리고야 말 게야.'

적운강은 끓어오르는 살심을 애써 감췄다.

아주 옛날부터 적운강은 설군표가 싫었다.

불과 얼음이라는 극히 다른 무공을 익히기도 했지만 무슨 일인가를 벌이려고 할 때마다 그의 앞에는 설군표가 있었다, 소궁주 시절부터 지금에 이르기까지.

적운강은 야심이 많은 사내다. 새외삼궁 중 한곳의 패주로 는 만족이 되지 않는다.

그렇지만 적운강은 섣부르게 움직이지 못했다. 이유는 단 하나다.

북해빙궁주 설군표.

그의 무공은 적운강으로서도 승부를 장담할 수 없다. 싸운 다면 이길 승산은 사다. 패할 확률이 육이니 도박을 하기에는 무리가 있다.

그래서 참는 거다.

언젠가 있을 그날을 생각하며.

삼궁의 궁주와 소궁주가 모였다고는 하지만 딱히 나눌 대화는 없다. 그저 간단한 이야기들로 시간을 때우다가 마침내 태양궁의 둘이 먼저 자리에서 일어났다.

"이만 물러나야겠소."

"가시려는 거요?"

"밤이 늦은 듯해서……."

"그럼 잘 가시오. 배웅은 않겠소."

적운강과 설군표는 가볍게 대화를 끝냈다. 적운강을 따라 적사문도 방을 나갔다. 둘이 나가자 사뇌영이 클클거리며 말했다.

"저 친구, 아직도 자네에게 마음이 꽁한 모양이네."

"후후, 꽁해야 할 건 이쪽이라고 생각되는데 말이오."

"어쨌든 적 궁주도 갔으니 이만 나도 가봐야겠군."

사뇌영이 자리에서 일어났다.

막 설무린에게 말을 걸려던 사도혜가 그의 옷깃을 슬쩍 잡아당겼지만 그는 그걸 눈치 채지 못했다.

"도혜야, 가자!"

'아버지 바보!'

속으로 버럭 화를 냈지만 겉으로 내색할 수도 없는 일이다. 그녀는 최대한 공손하게 일어나면서 설군표에게 인사를 했다.

"건강하세요."

"고맙구나. 조심해서 가도록 하거라. 시간이 된다면 빙궁에 놀러 오거라."

"정말요?"

듣고 싶은 말이었다. 사도혜가 웃으면서 되묻자 설군표가 고개를 끄덕였다. 그녀는 당장이라도 방방 뛰고 싶은 것을 애써 참으며 뒤로 물러섰다.

"건강하게."

"사 궁주도."

이곳에서 헤어지면 다음에 만날 것은 아마 십 년 후일 게다. 야수궁이 있는 남만과 북해빙궁이 있는 이곳은 너무나 멀다.

"다음에는 이런 자리 말고 술자리였으면 좋겠소."

"그럽시다. 그때는⋯ 술이나 한잔합시다. 무섭다고 빼고 그러는 거 없기요."

"하하! 난 술 앞에서는 절대 도망가지 않는다오! 그럼 이만."

호탕한 웃음을 지으면서 사뇌영이 사도혜와 함께 방을 나섰다. 둘까지 나가자 이제 방에는 설군표와 설무린뿐이다.

부자는 아무런 말도 하지 않고 자리에 앉아 있었다.

잠시간의 침묵이 흐른 후에 설무린이 자리에서 일어났다.

"북해동으로 갈 게냐?"

"물론이지요."

"설풍수라마검의 성취는?"

"아직 미미합니다."

설무린은 제대로 된 대답을 회피했다. 그런 그의 태도에도 설군표는 아무것도 캐묻지 않았다. 평소 설무린의 성격을 잘 아는 탓이다.

설군표가 입을 열었다.

"삼 년. 그 안에 강해질 수 있을 만큼 강해져라."

"삼 년이라… 굳이 삼 년인 이유가 있습니까?"

"그럼 오 년으로 해줄까?"

"큭! 실없는 소리를 하시는군요."

설무린이 픽 하고 웃음을 터뜨리면서 말했다. 설군표 또한 그런 설무린을 마주보며 웃었다.

설군표가 자리에서 일어나 말없이 설무린의 옆을 스쳐 지나다 멈추어 섰다. 그리곤 손을 들어올려 설무린의 어깨를 툭 툭 쳤다.

그의 입에서 나지막한 목소리가 흘러나왔다.

"널 믿는다."

"……"

, 말을 마친 그는 더는 할 이야기도 없다는 듯이 방문을 열고 사라져 버렸다. 설무린은 가만히 선 채로 방금 전까지 설군표가 앉아 있던 곳을 바라봤다.

삼 년이라고 한 말은 결코 아무런 의미가 없는 말이 아닐 게다.

다만 때가 아니라는 생각에 속내를 말해주지 않을 것뿐이라는 걸 설무린은 안다.

설무린은 설군표가 열고 사라진 문을 걸어나갔다.

그의 말대로 강해져야 한다. 삼 년이라는 시간 동안 최대한 강해져야만 한다.

설무린이 이내 고개를 저으면서 중얼거렸다.

"아버지의 부탁 때문이 아닙니다. 제가 강해지려고 하는 것은… 제 뜻입니다. 그러니 오해 마시죠."

하지만 설무린의 머릿속에는 방금 전 설군표가 내뱉은 믿는다는 말이 빙글빙글 맴돌았다.

어쩔 수 없는 부자지간이다.

먹을 것을 든 북해가 바쁘게 어딘가로 움직였다.

북해동에는 햇빛이 들어오는 커다란 공간이 있다. 그곳에는 북해동에서 거의 유일하게 생물이 자라는 곳이기도 했다.

천장에 난 커다란 틈을 통해 햇빛이 쏟아져 들어온다. 하지만 그 높이가 무척이나 높아 그곳으로 도망을 친다는 것은 상상도 할 수 없는 일이다.

그곳에는 폭포도 있다.

꽤나 높은 곳에서 물이 떨어지는 폭포다.

문제는 이 물이 무척이나 차갑다는 거다. 주변이 온통 얼음이다. 비록 물이라고는 하지만 그 차가움은 사람을 꽁꽁 얼어붙게 하기 충분하다.

더군다나 구멍을 통해서 불어오는 한풍까지 있으니 물속에 들어간다는 것은 죽으려고 환장한 자나 하는 짓이다.

그 한수(寒水)에 누군가가 몸을 담그고 있다.

가뜩이나 하얀 피부는 추위 탓에 새하얗게 변해 있다. 칠흑같이 긴 생머리는 물에 젖어 얼굴에 찰싹 붙었다.

옷이 온통 물에 젖은 탓에 몸의 굴곡이 드러난다.

여인이다.

덜덜.

부들부들 떠는 여인은 입술을 꽉 깨물고 눈을 감고 있다. 차가운 물이 연신 그녀의 등을 때린다.

당장 기절을 해도 이상할 것이 없다.

그런데 오기로 버틴다.

멀리서 그 모습을 바라보는 북해의 눈에 안타까움이 가득하다. 고생없이 키운 딸이다. 무공이라고는 심법과 경공밖에 익히지 않은 아이다.

그러던 아이가 다소 뒤늦게 다른 무공을 배운다며 자신을 혹독하게 몰아치고 있는 것이다.

이렇게 독기가 있는 여인인 줄은 몰랐다.

언제나 조용히기만 한 아이인 줄만 알았거늘…….

그만큼 의지가 확고하다는 소리다. 설무린의 그림자무사가 되겠다는 여인의 생각은 꺾이지 않았다.

'설아, 굳이 그리해야겠더냐.'

새파랗게 변한 입술, 그렇지만 굳게 쥐어진 그녀의 조막만한 손은 결코 꺾이지 않을 의지로 가득했다.

감고 있던 북설의 눈이 떠지는 순간이었다.

파앙!

앞으로 휘둘러진 일장에 쏟아지던 폭포수가 움찔했다. 폭포수는 얼음이 되어 전방으로 쏘아져 나갔다.

쾅!

묵직한 소리와 함께 동굴 벽이 얼어붙어 버렸다.

성공이다.

그 추운 폭포수 안에서도 그리도 기뻤는지 북설의 입가에 힘겹게 미소가 걸렸다.

"서, 성공……!"

채 성공의 기쁨을 만끽하기도 전에 북설은 거칠게 기침을 토했다.

"콜록콜록!"

온몸이 꽁꽁 얼어버렸다.

사시나무 떨 듯이 떨며 북설이 폭포에서 기어나왔다. 그녀는 제대로 움직이지 못하고 땅에 쓰러졌다.

북설이 쓰러지자 북해가 급히 그녀의 곁에 다가가 준비해 온 옷을 덮었다.

손끝에 닿는 북설의 피부는 얼음이라고 해도 믿을 정도로 차다.

그런데도 그녀는 뭐가 그리도 기쁜지 입가에 미소를 띤 채로 북해를 올려다보며 웃었다.

"아버지, 보셨어요?"

"…봤다."

잠시 누워 있던 북설이 반쯤 몸을 일으켜 세웠다. 그녀는 그 상태로 숨을 고르기 시작했다.

시작이 늦었다.

그만큼 처절하게 무공에 파고들어야 한다. 내공심법을 익히지 않았더라면 시작조차 하지 못했을 게다. 어릴 적부터 하루도 빼놓지 않고 부지런히 심법을 익힌 것이 정말 다행이다.

그 덕분에 북설은 누구보다 빠른 진전을 보일 수 있었다.

더군다나 북설의 스승은 북해빙궁의 궁주인 설군표도 인정한 북해다. 그가 옆에서 일일이 가르쳐 주고 있으니 무공의 습득 속도가 보통을 넘어선다.

또한 그녀는 북해의 핏줄. 무공에 대한 자질 또한 결코 부족하지 않다.

북설이 억지로 자리에서 일어났다.

힘이 풀린 다리는 아직도 부들부들 떨린다. 그녀는 양손으로 무릎을 꽉 움켜쥔다.

잠시 동안 떨리던 다리가 점점 안정을 되찾아간다.

북설은 북해가 가지고 온 검을 들었다. 힘이 온통 빠진 탓에 검을 드는 것조차도 버겁다.

그래도 그녀는 검을 쥔 손에 힘을 불어넣었다. 그런 북설의 마음을 알았는지 검이 살아서 꿈틀거리기 시작한다.

검을 휘두르는 북설을 바라보는 북해의 눈동자가 흔들렸다.
'넌 정말로 되려는 게냐? 세상에서 가장 외로운 그림자무사가…….'
북설의 손목에 달린 금색의 팔찌가 짤랑거리며 흔들렸다.

第七章

북해(北海)

　북해는 십 일이 지나자 빙상이 있는 곳으로 찾아왔다. 없을 지도 모른다고 생각했는데 그곳에는 설무린이 있다.

　설무린을 보자 북해는 반가운 생각이 먼저 들었다.

　북해는 설무린을 보며 반가워하는 자신에 놀라 버렸다.

　인제나처럼 같은 곳에서 그는 검을 휘두르고 있다.

　'검광(劍狂).'

　검에 미친 사내다. 언제나 검과 함께하고 있고 또 열정도 대단하다.

　설무린은 북해가 왔음을 알면서도 검을 놓지 않았다. 검로가 끝이 날 때까지 그는 멈추지 않았다.

북해가 도착한 지 이각가량이 흐른 후에야 설무린은 검을 내렸다.

땀 범벅이다. 그렇지만 그의 얼굴은 참으로 개운해 보인다.

설무린이 북해를 보면서 웃었다.

"오랜만에 뵙는 것 같군요."

"바깥일은 잘 되셨습니까?"

"뭐 그리 유쾌한 자리는 아니었지요, 만나기 싫은 놈도 만나야 하고."

설무린은 아무렇지 않다는 듯이 말했다.

북해는 고개를 끄덕이면서 물었다.

"태양궁 이야깁니까?"

"거참, 북해는 모르는 게 없군요. 어떻게 싫어하는 사람까지 압니까?"

"지레짐작했을 뿐입니다. 얼음과 태양은 어울리지 않으니까요."

말은 그리하지만 뭔가 아는 것이 있는 듯하다. 북해동 안에 있으면서도 바깥의 일을 은근히 알고 있는 북해다. 잘은 모르겠지만 누군가가 정보를 가져다주는지도 모르겠다.

하지만 이제 더는 궁금증이 생기지도 않는다.

북해라는 사람에 대해서 알려는 생각을 버렸다. 뭔가 아버지와 모종의 관계가 있는 자다. 그리고 적어도 함께 있어서 기분 나쁜 사람이 아니다.

그거면 족하다.

북해는 옆에 두고 싶은 사람이다.

아버지가 인정하는 무인. 그렇다면 믿을 수 있다.

퍼뜩 아버지의 말이 생각난 설무린이 북해에게 말했다.

"아참, 아버지께서 전해달라는 말이 있었는데."

"궁주님께서 말입니까?"

북해는 놀란 듯이 설무린을 바라봤다. 기대에 찬 듯한 그의 모습에 설무린이 머리를 긁적거리면서 말했다.

"별건 아닌데… 자기는 건강하다고 북해도 건강하랍니다."

"하, 하하."

북해가 살짝 웃는다.

중년의 사내가 짓는 미소가 참으로 아름다워 보인다. 그는 정말로 즐겁다는 듯이 웃었다. 그저 건강하라는 인사일 뿐인데 그것만으로도 북해는 기분이 좋은 모양이다.

잠시 입가에 지었던 미소를 지으며 북해가 말했다.

"그분은 잘 지내십니까?"

"너무 잘 지내서 탈입니다. 나이를 먹고서도 아직 그 성질을 못 죽여서… 쯧."

북해는 그 모습이 눈에 그려지는지 눈웃음을 지으면서 고개를 끄덕였다.

설무린은 잠시 숨을 돌리다가 자신의 검을 만지작거렸다.

잠시 동안 늘어졌던 몸을 다시 최상의 상태로 만들어야 한다.

"한번 해볼까요?"

"그러지요."

북해는 검을 뽑아 들면서 설무린의 건너편에 선다. 그는 언제나처럼 빈틈이 없어 보인다.

지금 설무린이 펼칠 수 있는 설풍수라마검은 전 초식 세 가지와 후 초식 두 가지다.

아직 마지막 초식인 수라군림은 제대로 접근조차 하지 못했다. 앞에 다섯 개의 초식도 그렇지만 설풍수라마검의 마지막 초식인 수라군림은 참으로 난해하다.

보보(步步)에 변화를 주어야 하고, 그 움직임 하나하나에 일격의 위력이 있어야 한다. 말이 쉽지 그것을 실제로 펼쳐 내는 것은 상당히 어려운 일이다.

설무린이 검을 들어올린다.

그의 손끝에서 더욱더 날카로워진 설풍수라마검이 펼쳐졌다.

팔목이 떨려올 때까지 검을 휘둘렀지만 오늘도 설무린의 검은 북해의 옷깃조차 스치지 못했다.

거친 숨을 몰아쉬면서도 설무린은 눈을 감은 채로 자신의 모습을 그렸다.

뭔가 닿을 듯하면서도 항상 닿지 못한다. 아슬아슬한 차이이기는 하지만 그것이 바로 실력의 차로 드러나는 것이다. 이 차이를 좁히지 못하는 한 설무린은 북해를 스치는 것조차 불가능할 게다.

"후후, 오늘도 옷깃조차 못 벴군요."

"소궁주님의 실력은 감탄할 정도로 늘고 계십니다."

"그래도 현실은 마찬가지죠."

실망하지는 않는다. 이러한 부족함을 밟고 더욱 올라서려고 악을 쓰는 것이 바로 설무린의 장점이 아니던가.

"아버지가 삼 년 안에 강해지라고 하시더군요."

"삼 년? 이유가 있습니까?"

"말을 하지 않으니 알 수는 없지요. 다만……."

설무린은 말끝을 흐리다가 이내 화젯거리를 돌렸다.

"벌써 북해동에 들어온 지 다섯 달가량은 된 것 같군요."

남은 시간은 칠 개월이다. 아무리 무공에 미쳤다고 해도 북해빙궁 내부의 일에도 신경을 써야 한다. 그리고 애초에 북해동에서 일 년의 시간을 보낸다고 설군표와 매여령에게도 말하지 않았던가.

그 이상 북해동에 머무르는 것은 다소 어려운 일이다.

최소한 이곳을 나갈 때까지 설풍수라마검을 제대로 펼칠 수 있을 정도는 되려고 했다.

그리고 아직 시간도 많이 남기도 했다.

이 상태라면 설풍수라마검을 모두 익히는 것에는 문제가 없다. 비록 마지막 초식인 수라군림이 난해하기는 해도 목숨을 걸고 매달린다면 못할 것도 없다.

문제는…….

'만족이 안 돼.'

설풍수라마검을 익혔지만 이것으로 만족이 되지 않는다. 분명히 강한 검법이기는 하지만 뭔가 부족함을 느끼고 있다. 그렇다고 해서 검법에 문제가 있다는 소리는 아니다.

분명 처음 설무린이 원했던 변화무쌍한 검이기는 하다.

그래도 그의 갈증을 채워주지는 못했다.

"칠 개월 후에는 이곳을 나가야 합니다."

"칠 개월이라… 그리 길지 않은 시간이군요."

"아쉽군요. 북해의 검을 더 쫓고 싶었는데."

"왜 굳이 제 검을 쫓으시려는 겁니까. 북해동을 나가시면 궁주님도 계십니다. 설풍수라마검이라면 오히려……."

설무린이 고개를 젓는다.

분명 설풍수라마검을 익히기 위해서라면 북해보다는 설군표가 아는 것도 더 많을 게다.

그래도 싫다.

설군표의 설풍수라마검이 아닌 설무린의 설풍수라마검을 만들어내고 싶은 것이다. 처음 설풍수라마검을 익힐 때도 설군표가 펼쳤던 것을 기억하면서 따라 하느라 힘에 겨웠던 것이 생각난다.

이유는 또 있다.

"아버지께서 말하시더군요, 북해의 검을 쫓으면 진정한 북해빙궁을 볼 수 있을 거라고."

"…과찬이십니다. 설족인 저 따위를 과대평가하시는 것이지요."

"북해, 제 아버지를 아실 텐데요."

남을 과소평가하지 않고, 또 과대평가도 하지 않는다. 설무린의 그 한마디에 북해는 아무런 대꾸도 하지 못했다.

북해가 말없이 설무린을 바라봤다.

'궁주님……'

그가 무슨 생각을 하는지 안다. 그리고 설무린을 북해동에 들어오게 한 것도 아마 설군표의 생각이었을 게다. 물론 그 후에 설무린과 북해가 만난 것은 우연이지만 그것이 오히려 하늘의 정하심일지도 모른다.

'가르쳐야 하는 것인가.'

분명 설무린을 이곳에 들어오게 한 설군표의 생각은 그것이었을 게다.

설풍수라마검은 환검이다. 변화가 살아 있어야 검이 살고, 변화가 죽으면 검도 죽는 환검.

지독하게도 자유스러우면서도 그만큼 틀이 있는 검이 바

로 설풍수라마검이다.

아주 옛날 설풍수라마검을 더욱 발전시키기 위해 설군표와 북해가 머리를 맞댔다. 그리고 완성해 낸 것이 있다.

두 개의 발걸음이 바로 그것이다.

격보(擊步)와 운보(雲步).

이론상으로는 간단해 보이지만 그것은 목숨을 걸어야만 가능한 발걸음이다.

격보.

일 보를 더 내딛는다.

운보.

일 보를 뒤로 움직인다.

검의 속도와 변화가 확연하게 바뀐다.

단지 한 걸음일 뿐이다. 앞으로의 한 걸음, 뒤로의 한 걸음.

만약 격보와 운보를 완성하면 설풍수라마검의 변화는 지금과 비교조차 할 수 없게 된다. 검의 속도가 자유자재로 변하니 막아낸다는 것은 거의 불가능에 가깝게 되어버린다.

그렇지만 가르치는 것을 망설이는 것은 이유가 있다.

실전에서 사용된 적이 없어서다. 설군표조차도 격보와 운보를 설풍수라마검에 접목시키지 못했다.

그는 너무 오래 지금의 설풍수라마검에 익숙해져 버렸다. 갑작스러운 변화를 도저히 받아들이지 못한 것이다.

격보와 운보가 이론과 다르다면 목숨이 날아간다.

검을 휘두르는 상대에게 앞으로 몸을 들이밀거나 뒤로 몸을 빼는 행동이다. 그것은 곧 생명으로 귀결된다.

하지만…….

'그것이 궁주님의 뜻이라면.'

애초에 설풍수라마검을 위해서 만들어냈던 발걸음이다. 하지만 익힐 사람이 없어 묻어두려던 것을 북해는 다시 꺼내기로 마음먹었다.

"소궁주님."

"무슨 일입니까."

언제나처럼 가야 할 북해가 뭔가 망설이다가 자신을 부르자 설무린은 그가 용무가 있다는 걸 알아차렸다.

한번 또 망설였지만 북해는 이내 생각해 둔 바를 말했다.

"소궁주님께 가르쳐 드릴 게 있습니다."

"가르쳐 줄 거라니요?"

"설풍수라마검을 위해 만들어진 것입니다."

"그게 무슨 말입니까?"

갑작스러운 말이기에 설무린이 되물었다. 설풍수라마검을 위해 만들어진 것이라니…….

"궁주님도 익히시지 못한 것이긴 합니다만… 가르쳐 드리려 합니다. 단, 조건이 하나 있습니다."

"조건이라니요?"

"훗날… 제가 한 가지 청을 하게 될지도 모릅니다. 그것이 어떠한 것이든 들어주실 수 있겠습니까?”

설무린은 북해를 바라봤다.

그는 욕심이 많은 자가 아니다. 과한 무엇인가를 원하는 것은 분명 아닐 게다. 그리고 그러한 말을 하는 북해의 표정이 왠지 모르게 안타까워 보인다.

“들어주시겠습니까?”

“…그것이 북해가 원하는 것이라면.”

“감사합니다.”

북해는 지금도 미친 듯이 검을 휘두르고 있을 자신의 딸을 생각하며 고개를 숙였다.

무공이라는 것은 조그마한 차이에서 승부가 갈린다.

그것이 특히 생사를 건 싸움이라면 상황은 더더욱 극명해진다. 얇은 종이 한 장의 차이가 산 사람과 죽은 사람으로 나뉘게 만드는 경우도 허다하다.

그러한 싸움에서 일 보(步)는 너무나 크다. 그 한 걸음을 단숨에 좁힐 수만 있다면 삼류무사가 일류의 고수를 죽이는 것도 가능하다.

문제는 그것이 말처럼 쉽지 않다는 거다.

목숨을 건 싸움터에서 한 발자국을 더 내딛는다는 것은 범인으로서는 결코 할 수 없는 행동이다.

쉽지 않지만 그 일 보를 내디딜 수만 있다면 손에 들린 검이 배는 빨라진 듯한 착각이 들게 만든다.

그것이 바로 북해가 말하는 격보다.

운보는 더욱 난해하다.

싸움에서 뒤로 물러서면서 피하는 것은 가장 하책(下策)이다. 뒤로 물러서면 상대는 계속해서 공격할 기회를 가진다.

병장기로 맞받아치는 것이 중책(中策).

상대도 그렇지만 자신 또한 공격할 기회가 없기에 중책이다.

뒤가 아닌 옆이나 다른 방향으로 피하는 것이 바로 상책(上策)이다.

아래로 피한다면 상대의 검은 방향을 바꿔야 할 것이고, 자신은 공격할 기회를 가진다.

그런데 운보는 바로 하책을 하게끔 만드는 일 보다.

뒤로 피한다면? 당연히 상대의 공격이 더욱 거세질 것이고, 한번 수세로 몰리면 그대로 싸움이 끝날 수도 있다.

설풍수라마검은 환(幻)에 모든 중점을 둔 검법이다.

다른 검법에서 운보는 치명적인 약점이 될 수 있다. 하지만 환에 중점을 둔 검법이기에 오히려 운보는 치명적인 일격을 만들어낼 수도 있는 것이다.

변화있게 날아드는 검이 상대의 눈을 현혹시킨다. 움직임을 읽고 검을 휘둘렀을 때 운보를 통해 뒤로 한 걸음 갑자기 빠진다.

또 한 번의 변화가 생기는 것이다.

북해가 검을 들고 있다. 그와 열 번이 넘게 겨루어봤지만 단 한 번도 그가 검법을 펼치는 것을 본 적은 없다.

그랬기에 설무린의 두 눈에는 흥미가 가득하다.

북해가 입을 연다.

"전 설풍수라마검을 펼칠 줄 모릅니다. 그래서 다른 검법으로 대신 보여 드리지요."

설풍수라마검을 위해 만든 격보와 운보다. 다른 검법에 맞을 리가 없다. 하지만 단 하나, 북해가 아는 검법 중에서 격보와 운보가 가능한 검법이 하나 있다.

설빙봉황검법(雪氷鳳凰劍法).

설풍수라마검과 똑같은 환검.

북해의 손에 들린 검이 허공을 가른다.

시작은 미풍처럼 흔들거렸지만 이내 그것은 점점 커다란 바람이 되어버렸다.

그의 손에 들린 검이 사방으로 춤을 추기 시작했다. 눈으로 쫓기 힘들 정도의 빠르기에 엄청난 변화.

그런데… 왠지 모를 익숙함이 느껴진다.

'설풍수라마검?'

바로 그거다.

설풍수라마검과 지금 북해가 펼치는 검법은 뭔가 느낌이 비슷하다. 환검이라는 것을 제한다면 완전히 다른 검법 같은

데도 불구하고 알 수 없는 묘한 동질감이 느껴진다.

점점 북해의 정체가 궁금해지기 시작한다.

단숨에 설빙봉황검법을 육 초식까지 펼친 북해가 설무린을 바라보면서 물었다.

"다 보셨습니까?"

"예."

"이제 격보와 운보를 섞어서 보여 드리지요. 저 또한 완벽하게는 해내지 못하지만 어느 정도 도움은 되실 겁니다."

지금 북해가 펼치는 검법에 대한 궁금증이 치밀었지만 그것은 다음 문제다. 지금은 그가 말하고 있는 격보와 운보라는 것에 대한 호기심이 더욱 크다.

시작은 같다. 똑같은 초식, 똑같은 투로. 움직이는 방향은 일치한다. 그런데…

발을 내딛는 순간 북해의 발이 마치 유령처럼 앞으로 밀려나간다.

팍!

허공을 베는 강렬한 소리.

소름이 오싹 돋았다. 머리카락이 하늘을 향해 쭈뼛거리면서 솟아나는 느낌이다. 지금 막 북해의 앞에 사람 한 명을 그려놓아 보았다.

앞에 있는 자는 죽었다.

뒤로 밀려나면서 다시금 검이 이어진다.

앞으로 나아가던 북해의 몸이 이번에는 뒤로 미끄러진다. 마치 유령처럼 너무나 절묘하다.

눈으로 그리고 있던 무인의 검이 북해의 앞을 스친다. 동시에 변화하면서 쏟아지는 북해의 검이 눈에 들어온다.

‘이번에도 즉사.’

북해가 검을 내리고 설무린을 바라본다.

설무린은 흥미가 동했다.

설풍수라마검을 익히면서 뭔가 모를 부족함에 고민했다. 하지만 지금 북해의 검을 보는 순간 그러한 부족함이 말끔히 사라지는 기분이다.

변화에 변화.

환(幻)에 환(幻).

설무린이 원하던 바로 그것이다.

“재미있군요.”

설무린은 흥미가 도는 것을 재미있다고 표현하면서 검을 꽉 움켜쥐었다. 북해는 단번에 그가 격보와 운보에 빠져들었다는 것을 알아차렸다.

“제가 펼친 검법보다는 설풍수라마검에 더 어울릴 것입니다. 특히 마지막 초식인 수라군림과는 아주 절묘한 한 쌍이 될 겁니다.”

보보(步步)마다 변화가 있다는 수라군림이다. 그 보보에 다시 한 번 변화가 가미된다면?

지금 북해는 자신이 펼치면서 완벽하지 못하다고 했다. 그리고 또 설풍수라마검에 더욱 잘 어울릴 거라고도 했다. 설풍수라마검과 함께 완성된 격보와 운보가 보고 싶다.

단 한 번 본 것뿐이지만 북해의 발을 놓치지 않았다. 어떻게 그처럼 유령같이 물 흐르듯이 움직였는지도 잘 안다.

격보를 펼칠 때는 움직일 때 발을 옆으로 살짝 비틀면서 발의 앞부분을 들어올렸다. 그리고는 뒤꿈치로 밀듯이 앞으로 나아간다.

운보는 그 반대다. 발뒤꿈치를 들어올리고 발가락을 세운다.

당장이라도 격보와 운보를 섞어보고 심은 생각에 온몸이 근질근질거린다.

그런 설무린의 마음을 북해 또한 모를 리가 없다.

북해가 고개를 숙이면서 말했다.

"그럼 전 이만 물러가도록 하지요."

"아, 그런데 북해 묻고 싶은 게 있습니다."

"묻고 싶은 것이라니요?"

"방금 전 북해가 펼친 검법, 그게 뭡니까?"

"설빙봉황검법입니다."

"설빙봉황검법이라……."

설무린은 북해가 펼쳤던 검법의 이름을 중얼거렸다. 초식의 숫자가 여섯 개인 것부터 해서 흡사한 부분이 너무나 많

다. 모두 다른 초식이었지만 왠지 모르는 일치감은 분명 잘못
느낀 것이 아니다.

"왜 그러십니까?"

"아뇨. 아무것도 아닙니다."

북해의 물음에 설무린은 아무것도 아니라는 듯이 손사래
를 쳤다.

그는 다시 한 번 설무린에게 인사를 건네고는 모습을 감췄
다. 북해가 사라지자 설무린은 검을 들어올렸다.

설풍수라마검에 격보를 합친다.

머릿속에 그림은 그려진다. 이제 남은 것은 행동으로 옮기
고 실험해 보는 것뿐이다.

검이 움직였다. 설풍수라마검을 펼치던 설무린의 발걸음
이 기이하게 변했다.

'지금!'

지금이라는 생각에 발을 미끄러뜨렸다. 발뒤꿈치로 몸을
고정하면서 앞으로 나아간다. 그런데 문제는 움직임이 아닌
검에 있었다.

검의 위력이 현저하게 떨어진다.

아니, 검법이라고 말하기가 무색하게 변해 버린다. 힘을 잃
고 비실거리며 날아든다. 이러한 검으로는 아까 전의 북해처
럼 상대방을 벨 수가 없다.

그리고 반대로 날아드는 검에 의해 목숨을 잃을 것이다.

쉽지 않을 거라고 예상은 했지만 역시나였다.

다시 한 번 해보자는 생각에 이번에는 다소 빠르게 발을 옮겨보았다. 그러자 몸의 균형이 형편없게 무너지면서 설무린은 땅에 엎어져 버렸다.

“이런…….”

투덜거리면서 설무린이 자리에서 일어났다. 먼저 격보를 완벽하게 익혀야 한다. 격보를 제대로 펼칠 수 있는 다음에야 운보를 연습해야 한다.

격보와 운보는 완전히 다르다.

두 가지를 동시에 익히려고 하다가는 오히려 둘 다 감을 잡기 어려울지도 모른다.

격보, 운보.

반드시 잡아야 하는 두 마리의 토끼다.

참으로 난해한 싸움이다.

나름대로 머릿속으로 수백 번을 그려봤고, 몸으로는 수천 번이 넘게 움직였다. 잡힐 듯하면서도 격보는 나아지지 않는다. 속도를 붙이지 않고 움직이면 어렵지 않다.

한데 거기에 속력을 가미하면 뭔가가 엉성하게 변한다.

아주 익숙해졌다고 생각했던 사초식인 수라환영이 이제는 세상에서 제일 우스운 검법이 되어버렸다.

엉성하고 볼품없고, 약점을 찾으려고 하면 양손으로 꼽을 수도 없을 정도다.

최대한 빠르게도 격보를 펼쳐 봤고, 호흡을 느리게 하면서 펼치기도 했다. 그렇지만 두 가지 모두 답은 아니었다.

수라환영의 초식을 밟고 그대로 검이 움직이기 직전 일 보를 내딛고……. 말은 쉽지만 행동으로는 되지 않는다. 그리고 수천 번이 넘게 펼쳤는 데도 불구하고 전혀 나아지지 않았다는 것을 보아하면 무엇인가 잘못 생각한 것이 있다는 소리다.

'수라환영의 초식은 부드럽게 이어졌어. 문제는 그 후의 일보인데.'

발을 내딛는 순간 모든 게 변한다.

부드러웠던 검로도, 빠르게 움직이던 다리도 말이다.

'머리로 생각을 하고 움직여. 그러면 늦어.'

한 보를 더 내디뎌야 한다는 생각이 머릿속에 가득하다. 그리고 오히려 그러한 점이 설무린의 발걸음을 잡았다.

움직여야 한다고 생각해서는 안 된다. 한 걸음을 더 내딛는 것이 원래의 초식이었던 것마냥 자연스러워야 한다.

말은 쉽다. 그렇지만 어려운 일.

괜히 설군표나 북해가 제대로 격보와 운보를 익히지 못한 것이 아니다. 그들의 검은 굳어졌다. 초식에 따라 움직이는 것이 너무나 자연스러워졌기에 고칠 수 없었던 게다.

그에 반해 설무린은 아직 설풍수라마검에 빠진 지 오래되지 않았다. 지금이 아니라면 격보와 운보를 익힐 수 없을지도 모른다.

'한 걸음조차도 설풍수라마검의 초식이었던 것처럼… 초식에 담는다? 담아?'

설무린은 뭔가를 깨달았다.

수라환영을 펼칠 때의 마지막 한 보. 그것을 격보로 바꾸어 보는 것이다. 여태까지 설무린은 수라환영의 초식을 그대로 펼치고 나서야 격보를 펼치려 들었다.

격보를 펼치면 몸이 앞으로 밀려 나간다.

그렇게 친다면…….

설무린은 급히 검을 들고 자리에서 일어났다. 이제는 손에 익어 익숙한 수라환영의 초식이 펼쳐졌다.

사방을 향해 검끝이 갈라진다. 검을 움직이던 설무린은 수라환영의 마지막 보법에 변화를 주었다. 그것을 격보로 바꾸면서 그는 몸을 옆으로 틀었다.

스윽.

'됐다!'

나아갔다.

한 걸음 내디뎠을 뿐인데 두 길음 이상의 거리가 좁혀졌다. 이것이 격보. 설무린이 픽하고 웃었다. 원리를 아니 어렵지 않다.

계속해서 수라환영의 초식에 격보를 더하려고만 했다. 하지만 그게 틀렸던 거다. 초식에 더하는 것이 아니라 그것을 하나로 만들었어야 했던 것이다.

자신이 붙은 설무린은 계속해서 격보를 펼치며 검을 휘둘렀다.

"좋아, 그렇다면……."

그가 고개를 돌려 자신이 만들어놓은 훈련장을 바라봤다. 빙석이 잔뜩 달려져 있는 훈련장을 향해 설무린이 들어갔다.

수라환영의 초식에 격보.

그의 검이 빙석들을 툭툭 치기 시작했다. 빙석들이 점점 속도가 붙어서 되돌아오기 시작한다.

'간다!'

날아드는 돌을 보며 설무린은 수라환영의 초식을 펼쳤다. 막 하나를 밀어내며 설무린은 격보를 펼쳤다.

단숨에 좁혀지는 거리.

그런데…….

부웅!

뒷걸음질쳐 버렸다. 막 격보를 펼치는 순간 눈앞에 확하고 들어오는 빙석 때문에 설무린은 피하고야 말았다.

단지 빙석이 아니다. 지금 날아온 것은 검이라고 생각해야 한다.

만약 지금이 싸움 중이었다면 설무린은 죽었다. 격보를 펼쳐 상대를 오히려 궁지에 몰아넣었어야 하는 입장에서 오히려 당하고야 만 것이다.

격보는 날아드는 병기를 향해 오히려 한 걸음 내딛는 걸음이다.

그것은 한마디로 죽으려고 달려든다는 소리이기도 하다. 한 치의 두려움이라도 있다면 할 수 없다.

설무린은 검을 늘어뜨린 채로 멍하니 서 있었다.

한참을 멍하니 있던 그가 점점 웃음을 흘리기 시작했다.

"큭큭! 내가 무서워서 몸을 피할 줄이야."

무공을 익히면서 한 번도 상대의 공격을 두려워해 본 적이 없다. 거센 공격에 오히려 몸을 던지면 던졌지 결코 물러서지 않았다.

그런데 물러섰다.

머리가 명령을 내린 게 아니라 몸이 멋대로 움직인 것이다.

격보의 세계에서 본 건 평소 보던 것과는 다르다. 단지 목숨을 위협하는 것뿐만이 아닌 그 이상의 무엇이 보인 것이다.

한 단계 빠른 세상, 그 안에서 본 것은 두려움이다.

며칠의 시간이 흘러 다시금 북해가 설무린을 찾아왔을 때 그는 상당히 꾀죄죄한 모습이었다.

옷은 찢어져서 엉망이고, 온몸이 상처투성이다.

애초에 예상했던 바이기에 북해는 크게 놀라지 않았다. 격보와 운보를 처음 접한다면 제대로 걷지도 못하는 것이 당연한 것이다.

빙상에 기댄 채로 앉아 있는 설무린은 꽤나 지친 모습이다.

졸고 있었는지 눈을 감고 있던 그는 그 와중에서도 북해의 걸음 소리를 들은 모양이다. 반쯤 감은 눈으로 설무린이 자리에서 일어났다.

북해가 물었다.

"진전이 있으십니까?"

"진전이라……. 아야야!"

설무린은 허리를 손으로 두드리면서 북해를 향해 다가왔다.

갑자기 다가오던 그의 몸이 휙하니 사라진다. 단숨에 좁혀진 거리, 그리고 설무린의 검이 빠져나오면서 북해를 휘어감는다.

북해는 급히 뒤로 물러섰다.

검이 아슬아슬하게 북해의 옷깃을 스치고 지나갔다. 그는 놀란 표정으로 설무린을 바라봤다. 이토록 북해를 다급하게 움직이게 한 것은 이번이 처음이다.

예상보다 빠른 움직임.

지금 이것은 분명히 격보다. 그것도 아주 능숙하게 펼쳐진 격보.

"격보를 익히셨습니까?"

"격보야 익혔지요. 문제는……."

설무린이 검을 보면서 웃음을 흘린다.

익히기는 익혔다. 격보뿐만이 아니라 운보도 펼치라고 하면 어렵지 않게 해낼 수 있을 것 같다. 하지만 중요한 것은 펼치는 것이 아니다.

"실전에서 사용하지 못한다는 점."

가장 큰 문제다.

실전에서 사용하지 못한다면 그것이 무슨 쓸모가 있겠는가. 현실에서도 상대가 북해처럼 무방비로 다가오기만 한다면 모르겠지만 그럴 확률은 없다.

"격보를 펼치는 순간 상대의 검이 집채만 하게 다가옵니다."

태산이 밀려오는 기분이다. 그러한 감정을 떨쳐 내지 못한다면 상대의 공격을 받아낼 수 없다.

북해가 고개를 끄덕였다.

무슨 말인지 안다. 북해 또한 처음 격보와 운보를 익히려고 할 때 비슷한 감정을 느낀 적이 있다. 사람인 이상 두려움을 가지는 것은 당연한 거다.

결코 부끄러운 일이 아니다.

다만 그것을 극복할 수 있느냐 없느냐가 더 큰 문제.

"소궁주님."

"……?"

"비무를 한번 해보시는 것이 좋을 것 같습니다."

북해의 제안에 설무린은 뒤로 성큼 물러섰다. 차라리 시원하게 깨지고 나면 머릿속에 무엇인가 생각나는 것이 있을지도 모른다.

솔직히 말해 온몸이 안 아픈 곳이 없다. 마치 망치로 두드려 맞은 것처럼 쑤시고 저리다. 격보를 익힌다고 빙석과 씨름을 하면서 수백 번이 넘게 두드려 맞았다.

땅을 나뒹군 적도 한두 번이 아니다.

그런데도 아직도 실마리를 잡지 못했다.

앞에 검을 들고 선 북해의 몸에서 여태까지와는 다른 기세가 흘러나왔다.

순간.

캉!

설무린은 급히 북해의 검을 막아냈다. 단 한 번도 설무린을 향해 공세를 취한 적이 없던 그다. 그런데 지금의 북해는 아니었다. 그가 먼저 선공을 펼치기 시작한 것이다.

그의 검은 빨랐다.

그리고 힘이 있다.

'계속 받다 보면 내가 져.'

어느새 구석으로 점점 밀려나는 자신의 모습을 발견했다. 지금 북해가 보고자 하는 것은 실전에서 펼치는 격보일 게다.

'그것을 원한다면!'

설무린은 그대로 격보를 밟았다.

단숨에 좁혀지는 거리. 여태까지 멀었던 북해의 모습이 코앞으로 다가온다. 그리고 동시에 날아드는 북해의 검.

설무린은 피하지 못했다.

탁.

검이 설무린의 어깨를 툭 치고 지나갔다.

예상대로의 결과.

설무린을 스치고 지나간 북해가 고개를 돌렸다. 그는 내심 놀랐지만 그러한 마음을 숨겼다. 설무린이 펼친 격보는 거의 완벽에 가까웠다.

물론 실전에서 사용할 수 있는 격보는 아니지만 그 모습을 갖추었다는 것만으로도 충분히 놀랄 일이다.

한데 당사자인 설무린의 얼굴은 불만으로 가득하다.

참 욕심이 많은 사내. 저러한 자질을 가지고도 더 많은 것을 가지려는 사내. 그렇지만… 사내라면 그래야 하지 않을까.

"격보는 완벽해지신 듯합니다."

"그러면 뭐 합니까, 쓰면 죽는 무공이 되어버렸는데."

심통스러운 목소리로 설무린이 대답한다.

북해에게 화가 나서가 아니다. 자신의 모습에 짜증이 치미는 모양이다.

쓰게 되는 순간 시는 무공이라면 애초에 사용할 필요가 없다.

그때 북해가 말했다.

"눈을 감으시지요."

그의 말은 청천벽력(靑天霹靂)과도 같았다.

눈을 감고 격보를 펼치라는 소리인 것 같은데, 그렇게 해서 어떻게 상대의 검을 받으란 말인가. 눈에 보이지 않는다고 해서 두려움이 사라지는 것은 아니다.

오히려 보이지 않기에 더 큰 두려움이 밀려들 수도 있다.

하지만 그 말을 한 자는 다름 아닌 북해다. 북해였기에 설무린은 그 의미를 곰곰이 생각할 수밖에 없었다.

"격보의 세계에서는 보이는 것이 중요한 것이 아닙니다. 눈에 보이는 것을 믿을 필요가 없습니다."

북해가 말을 이었다.

"분명 상대의 검은 빠르게 다가오지요. 하지만 이것을 아셔야 합니다. 격보의 세계에서 가장 빠른 것은 바로 소궁주님입니다."

뜬구름 같은 말이다. 그런데… 설무린은 아무런 말도 하지 못했다. 뭔가가 번개처럼 뒷머리를 스치고 지나간다.

북해의 말을 듣고서야 깨달은 무엇인가가 온몸에 소름이 돋게 만든다.

격보를 내딛는 그 순간만큼은 설무린의 손에 들린 검(劍)은 빛이다.

격보에 대한 설무린의 생각이 바뀌었다.

눈을 감으라고 한 북해의 말뜻도 이해가 된다. 눈으로 쫓으니 지레 겁을 먹은 것이다. 보이지 않았다면, 채 느끼기도 전에 검을 휘둘러 봤다면 알았을 게다.

왜 그리 쉬운 것을 못했을까.

북해는 검을 꽂지 않았다. 언제나 비무가 끝나면 검을 감추는 그다. 그런 그가 아직도 검을 들고 있다.

그것은…….

다시 한 번 해보자는 거다. 설무린은 기분 좋은 웃음을 흘렸다. 이래저래 북해라는 사람에게 신세를 지고 있다.

"후후!"

검을 뽑으며 설무린이 북해의 앞에 선다. 그의 앞에 서면 태산을 마주한 느낌이 든다. 처음엔 몰랐지만 시간이 가면 갈수록 설무린은 그의 진가를 알아갔다.

그저 무공의 연습 상대가 필요했을 뿐이다.

그래서 이곳에서 도와달라고 청했다. 하지만 몇 번 겨루어 보면서 북해라는 자가 상상하기도 힘들 정도의 고수인 걸 알았다. 더군다나 아버지조차도 싸우기 싫다고 할 자라면 설무린이 아는 모습도 그의 전부가 아닐 게다.

검을 들어올린다.

막 들었던 북해의 한마디가 아직도 머릿속에서 지워지지 않는다.

'격보의 세계에서는 내가 가장 빠르다.'

그 누구보다도 빠른 한 걸음의 움직임!

어찌 흥분이 되지 않을 수 있겠는가. 손끝이 근질거린다. 당장이라도 맞붙어 그 진가를 맛보고 싶다.

발이 천천히 북해동의 얼음을 밟는다.

북해의 검끝이 흔들거린다. 이번에도 공격해 들어온다.

팡!

둘의 거리는 상당했지만 좁혀지는 것은 찰나였다. 북해의 발이 미끄러지듯이 설무린을 노리고 다가왔다.

검과 검이 맞부딪쳤다.

설무린은 회수하기가 무섭게 다시금 검을 앞으로 찔러 넣는다. 거리가 벌어지는 순간이었다. 그의 손에 들린 검이 허공을 향해 매섭게 이빨을 내밀었다.

수라환영!

휘리릭!

검이 일순 몇십 자루로 보일 정도의 착각을 불러일으킨다. 동시에 설무린은 북해를 향해 달려들었다.

마치 당장에 꺼질 불처럼 위태로워 보이는 북해였지만 그는 태연했다. 검을 들고 있는 모습은 너무나 평온했고, 또 여유까지 넘쳐 보인다.

날아드는 검을 북해는 놓치지 않았다.

끝까지 검에서 눈을 떼지 않던 북해도 검을 움직였다.

탕탕!

일 검에 하나씩.

날아드는 수라환영의 잔영을 그대로 밀어내면서 북해 또한 공격을 가하기 시작했다. 단숨에 몰아붙일 것 같았지만 오히려 밀리는 것은 설무린이다.

북해가 반격을 시작하면서 설무린의 모든 공격이 맥이 끊겨 버렸다.

그렇지만 아직 그의 눈빛은 죽지 않았다. 뒤로 물러나면서도 설무린은 시종일관 틈을 잡으려고 노력했다.

질기게 버티던 설무린에게 기회가 찾아왔다.

평범하게 수라환영의 초식을 펼치던 그와 북해의 거리가 격보를 펼치기 적당하게 벌어졌다.

만약 운보까지 익혔다면 굳이 이러한 간격이 생길 때까지 싸울 필요도 없을 게다.

하지만 그러한 생각은 찰나에 사라졌다.

중요한 것은 지금이다.

집중해야 할 것은 정신, 그리고 검끝에 걸린 무인의 감.

수라환영의 초식을 펼치던 그의 발이 격보를 밟으며 앞으로 미끄러져 들어갔다.

파앙!

날아드는 북해의 검이 보인다. 어느새 코앞까지 다가왔다고 해도 과언이 아닐 정도로 빠르다. 이 상태라면 당장이라두 목이 날아갈 것만 같은 위험한 상황.

온몸에 소름이 돋는다.

생과 사의 고지…….

말은 쉽다. 하지만 정작 이러한 상황에서 검을 휘두를 수

있는 자는 무인 중에서도 몇 없다. 사람의 몸은 정직하다. 제
아무리 단련을 한다고 해도 모든 두려움을 죽일 수는 없는 것
이다.

성난 파도처럼 밀려드는 북해의 검에 움찔했던 설무린의
머릿속에 다시금 북해의 조언이 떠올랐다.

"눈을 감으시지요."

늦었을지도 모른다. 그렇지만 설무린은 눈을 감고 그대로
자신의 감각에 의지했다.

이미 날아드는 검의 방향은 머리에 심었다. 그렇다면 남은
것은 지금 날아드는 검보다 보다 빠른 움직임뿐이다.

손가락 끝에서 검이 살아서 꿈틀거린다.

믿는 것은 자신뿐.

검을 움직이는 순간 설무린은 자신의 팔을 타고 흐르는 엄
청난 힘에 스스로도 놀라 버렸다. 검이 빛살처럼 쏘아져 나갔
다.

마치 생명이라도 있는 것처럼.

타앙!

설무린이 부릅 눈을 떴다.

검이 밀려났고, 오히려 북해의 몸에 가까운 것은 자신의 검
이다.

하지만 북해의 다른 손이 어느새 설무린의 가슴에 닿았다. 만약 이대로 손을 휘두른다면 적지 않은 부상을 입을 것이 분명하다.

북해가 손을 뗐다.

너무나 당황했던 나머지 자신도 모르게 손까지 써버렸다.

분명 격보에 대한 조언을 해준 것은 바로 북해다. 하지만 그 한 번의 충고를 듣고 바로 격보를 완성하는 설무린의 재능은 가히 감탄밖에 나오지 않는다.

한번쯤 어떠한 느낌인 줄 알게 해주려고 한 비무였다. 그런데 그 비무로 격보를 완성한 것이다. 물론 아직 제 위력을 발휘하려면 꽤나 많은 연습이 있어야 한다.

하지만…….

그가 검을 거두면서 감탄한 어조로 말했다.

"…칭찬을 하지 않으려고 해도 그럴 수 없게 만드시는군요."

"북해 덕분입니다."

"전 그저 방향을 말해준 것뿐이지요. 길을 만드시고 걸어가신 것은 소궁주님입니다."

설무린 또한 자신의 검을 허리에 찼다.

격보에 성공은 했지만 패한 것이 사실이다. 눈을 감고 격보를 펼치니 그 후에 대처가 느리다.

북해가 자신이 아는 격보에 대해 다시금 말했다.

"격보는 일격필살이 될 수도 있지만 그렇지 않을 경우가 더 큽니다. 오히려 검법에 어울리게 가꾸는 것이 더 좋은 방법이지요. 격보의 연속이라고 할까요?"

방금 전처럼 격보를 혼신의 일격으로 담을 수도 있다. 그렇지만 격보를 만든 것은 그러한 이유보다 설풍수라마검은 더욱 강하게 하기 위해서다.

격보를 펼치면서 설풍수라마검을 펼친다. 상대가 피해내는 순간 다시 한 번 격보를 펼친다.

거기에 운보도 있다.

검법과 격보를 완전히 하나로 합치는 것은 꽤나 시간이 걸릴 일이다. 단시간에 해낼 수 있는 게 아니다.

"설풍수라마검과 하나로 만드는 것은 오래 걸릴 것입니다."

"…운보가 궁금하군요."

"예?"

"격보도 이처럼 사람을 흥분시키는데… 더 위험한 운보는 어떨지 궁금해 미칠 지경입니다. 후후!"

북해는 움찔하면서 설무린을 바라봤다.

설풍수라마검과 하나로 만드는 것이 어렵다는 말 따위는 들리지도 않을 게다. 이미 그는 자신이 봐야 할 운보라는 세계에 대해 궁금해하기 시작했다.

'위험한 사내……. 하지만 그렇기 때문에 더 매력적일지도.'

설군표는 의자에 앉은 채로 찻잔을 만지작거렸다. 미세하게 흔들리는 차를 보면서 그는 무엇인가를 골똘히 생각하는 듯했다.

'슬슬 시간이 되어가는군.'

운이 좋다면 오 년, 짧으면 삼 년이다.

그 안에 사단이 벌어진다.

막을 수 있는 방법이 있다면 차라리 지금 나서서 막고 싶다. 하지만 지금은 그 어떠한 수를 쓴다고 해도 방법이 없다.

살을 주고 뼈를 친다.

문제는 이 방책이 과연 얼마나 먹혀들어 갈지 의문이 든다는 점이다.

성사 여부는 알 수 없지만 그래도 이것이 최선이다. 이대로 둔다면 오랜 시간을 이어온 북해빙궁 자체가 사라질지도 모르기에 한 나름대로의 도박인 셈이다.

그때 누군가의 기척에 설군표가 자신만의 세계에서 빠져나왔다. 가벼운 소리와 함께 문 밖에서 목소리가 들려온다.

"궁주님, 야율초재입니다."

"들어오게."

문이 열리면서 야율초재가 들어온다. 그는 많은 서류 더미를 설군표의 책상 위에 올려놓으며 퉁명스럽게 말했다.

"오늘은 이 일을 전부 해결하셔야 합니다. 하기 싫다고 또 모습을 감추시면 곤란합니다.”

“하하! 이 친구, 하여튼 융통성없기는! 그냥 야율 자네가 대충…….”

“야율초재입니다.”

또박또박한 어투로 하는 말대꾸.

언제나와 같은 상황이거늘 설군표는 아직도 이러한 야율초재의 모습에 미소가 걸린다. 두뇌가 좋아 북해빙궁의 군사의 자리에 있지만 무공 또한 결코 녹록지 않은 자다.

그냥 사람 좋은 미소만 흘리는 설군표를 야율초재는 이상하다는 듯이 바라봤다. 한참을 그렇게 웃던 그가 입을 열었다.

“야율, 북해를 봤겠지?”

“…북해동에서 봤지요.”

“아무런 것도 묻지 않는군.”

“이유가 있으시다는 것 정도는 알고 있습니다.”

설무린이 북해를 만났다는 말에 야율초재 또한 그러할지도 모른다고 생각했던 터다. 예상대로다.

“야율 자네는 참 모를 사람이야. 분명 무척이나 궁금했을 터인데…….”

“궁금합니다. 무슨 연유로 궁주님이 오른팔인 북해를 내쳤는지, 그리고 그 사실을 제가 모르게 했는지도 말입니다.”

“그래, 북해는 내 오른팔이었지. 그리고 자네가 바로 내 왼팔이고."

북해나 야율초재 모두 설군표에게는 수족과도 같은 사내들이었다. 그렇지만 오른손이 해야 할 일이 있고, 왼손이 해야 할 일이 있는 법이다.

그리고 그걸 굳이 서로가 알아야 한다고 생각하지 않는다. 더군다나 지금 같은 일은 더더욱.

아직은 서로에게 주어진 임무에만 충실했으면 하는 것이다.

"북해가 할 일이 있고 자네가 할 일이 있네. 곧 알게 될 일이지만… 그때는 날 이해할 걸세."

"지금도 이해하고 있습니다. 궁주님이야 원래 괴팍스러운 사람이니……."

"허, 왼팔이라는 작자가 주인에게 험담을 쏟아내는구먼."

말은 그리하지만 야율초재를 바라보는 설군표의 표정은 부드러웠다. 정확한 말을 하지 않아도 믿고 따라와 주는 사람들이 있다.

설군표기 퍼뜩 무엇인가를 떠올렸다. 높게 쌓여 있는 서류를 보아히니 저절로 질려 버린다.

그가 조심스럽게 웃으면서 입을 열었다.

"아, 지금 나한테는 양손이 모두 없으니 저 서류들은 자네가……."

"절대 안 됩니다."

말을 마친 야율초재가 그대로 몸을 돌려 방을 빠져나간다. 가만히 서류와 그가 사라진 문 쪽을 바라보던 설군표가 픽 웃으면서 중얼거렸다.

"딱딱한 친구……."

말을 마친 그가 의자에 다시금 몸을 기댄다.

설군표의 머릿속에 지금쯤 북해동에서 죽어라 검을 휘두를 설무린의 모습이 떠오른다.

상당히 고생을 하겠지만 그놈은 쉬지 않고 악착같이 검을 흔들고 있을 게다. 설무린은 그런 놈이니까.

'강해져야 한다. 네가 북해빙궁의 마지막 희망이 될지도 모르니까.'

第八章

격보(擊步) 운보(雲步)

격보를 펼치는 것이 이젠 꽤나 능숙해졌다.

하지만 격보를 검법에 완전하게 녹아들게 하는 것은 북해의 말처럼 무척이나 어려웠다. 제법 연습을 했다고 생각했거늘 아직도 미숙하다는 생각이 떠나지 않는다.

하루 이틀 훈련으로 될 일이 아닌 것이다.

격보를 검법에 섞는다는 것은 어찌 보면 그 기본을 바꾸는 거라고 봐도 좋다. 새로운 검법을 만들어내는 것이라고 해도 과언이 아닌 일을 하는 것이니 시간이 걸리는 건 당연하다.

격보의 세상이 이제는 눈에 익다. 한층 빨라진 그 순간도 이제는 낯설지가 않다. 찰나라고밖에 표현할 수 없는 짧은 시간이지만 이제 그것을 즐기게 될 정도가 되어버렸다.

격보를 검법과 하나로 하는 건 무리라지만 격보 자체에는 익숙해졌다는 생각에 설무린은 운보를 시작했다.

운보를 펼치는 것은 어렵지 않았다. 격보에서 얻었던 깨달음이 운보를 펼치는 데에 큰 도움이 된 것이다.

하지만 문제가 생겼다.

펼칠 수는 있지만 실전에서 사용할 수가 없다는 점이다.

처음 북해동에 왔을 때 만든 빙석을 이용한 훈련장은 아직까지도 설무린에게 도움이 됐다. 거의 대부분을 홀로 무공을 익혀야 하는 그에게 좋은 대련 상대가 되기도 했다.

예상했던 것처럼 격보와 운보는 극히 달랐다.

격보가 앞으로 몸을 내딛는 것이라면 운보는 오히려 반대다. 뒤로 한걸음 물러서며 검로에 변화를 준다. 문제는 그 상태에서 조금만 실수를 한다면 쏟아지는 공세에 몸을 내줘야한다는 것이다.

격보보다 더욱 위험한 것이 바로 운보다.

싸움에 임하는 자가 결코 해서는 안 될 행동이 휘두르는 검을 뒤로 물러서서 피하는 것이다. 한데 오히려 그것을 하게끔만드는 것이 바로 운보인 것이다.

날아드는 빙석을 너무 급하게 피해 버렸다. 만약 실전에서이렇게 행동했다면… 바로 검이 방향을 바꾸고 설무린을 쫓아왔을 게다.

뒤로 피한 이상 그리 날아오는 검을 피하는 것은 어렵다. 설령 피한다고 해도 작지 않은 부상을 입게 될 게 분명하다.

'이번엔 조금 느긋하게……'

생각을 바꿨다.

조급해하지 않고 느긋하게 피하기로 마음먹은 설무린은 지척으로 다가오는 순간 운보를 펼쳤다.

그런데,

픽!

빙석이 정확하게 머리를 때렸다. 설무린은 눈을 찌푸리면서 뒤로 물러섰다.

그렇다. 조금만 빨리 움직이면 운보는 실패한 것이고, 늦게 움직이면 빙석에 머리를 맞는다.

그 중간의 찰나를 잡아야 하는데 그게 쉽지 않다. 그리고 격보도 그렇지만 운보는 더더욱 생명과 귀결된 보법이다.

한번 피해냈다고 좋아할 게 아니다. 연속적으로 수십 번 펼치기 전까지는 그것은 성공한 것이 아니다. 운보는 절대 완벽해지기 전까지는 시전해선 안 되는 보법이다.

반나절가량 운보를 연습하던 설무린은 결국 힘에 부쳐 자리에 드러눕고야 말았다.

"헉헉."

입에서 하얀 입김이 쏟아져 나왔다. 등에 메고 있는 빙마몽환검조차 무겁게 느껴진다. 단 하루도 손에서 뗀 적이 없어 이제는 수족과도 같은 놈이다.

억지로 몸을 일으켜 세운 설무린은 빙마몽환검을 만지작거렸다.

설무린이 익히고 있는 내공심법은 극음의 것이다.

만약 빙마몽환검이 없었다면 애초에 극음의 내공심법을 수련하는 것조차 불가능했을 게다. 아니, 그전에 한 줌의 재가 되어 사라졌을지도 모른다.

검 손잡이에 손을 가져다 대고 뽑아내려는 순간 차가운 한 기가 손끝을 저릿하게 만든다.

손목을 감싼 채로 설무린이 중얼거렸다.

"고약한 놈."

주인으로 받아들였으면서 뭔 놈이 이제 와서 새색시처럼 도도하게 군단 말인가.

하지만 설무린은 이러한 상황이 익숙했다. 이유는 알 수 없지만 빙마몽환검은 뽑을 수 없다. 죽을 때까지 빙마몽환검을 뽑지 못할지도 모른다.

그렇지만 상관없다.

빙마몽환검에 어떠한 특별한 힘이 있다고 해도 아쉽지 않다.

더 노력하면 그만이다.

"으, 허리가 부러질 것 같군."

자리에서 억지로 일어나면서 설무린이 투덜거렸다. 셀 수도 없이 빙석에 두드려 맞았더니 온몸이 안 아픈 곳이 없다. 아마 옷을 벗어보면 몸 전체가 멍투성이일 게 분명하다.

온몸이 비명을 지른다. 그래도 검을 든다.

높은 산이 앞에 있다고 주저앉아 쉴 수는 없는 법이다. 차라리 힘이 들더라도 한 발 한 발 내딛다 보면 언젠가 산을 넘어설 수 있을 게다.

빙석으로 만든 훈련장 안으로 들어선 그가 가볍게 검을 움직이기 시작했다.

툭툭.

천천히 움직이기 시작한 빙석이 점점 거세가 되돌아온다. 설무린의 손도 그에 따라 바빠지기 시작했다. 검에 의해 밀려났던 빙석이 이제는 화살이 되어 돌아온다.

설무린은 다시 한 번 운보를 밟는다.

쒜액!

너무 빨리 움직였다. 이어서 날아오는 돌에서 그는 눈을 떼지 않았다. 여유를 가져 보자고 생각하는 순간 이번엔 돌이 이께를 때린다.

"큭!"

두 번 죽었다.

처음엔 가슴이나 목이 찔렸을 게고, 두 번째에는 어깨 살점이 뭉툭 떨어져 나갔을 게다.

좋다, 죽어준다. 열 번이든 백 번이든 죽어준다. 그래서 운보만 완성할 수만 있다면.

설무린은 계속해서 움직였다. 빙석에 두들겨 맞기도 하고, 너무 성급하게 움직인 자신에게 질책도 하면서 말이다.

그렇게 온몸에 상처를 입으면서도 설무린은 멈추지 않는다. 오히려 두 눈에서는 오기가 인다.

이번에 아슬아슬하게 빙석이 코끝을 스치고 지나갔다.

"젠장!"

욕설을 내뱉는 그는 모르고 있다, 점점 빙석에 얻어맞는 숫자가 줄어들고 있다는 것을.

운보는 경험이다.

그리고 자신감이기도 하다. 뒤로 물러서도 문제가 없을 거라는 자신감이 있어야 한다. 거기에 수만 번이 넘는 경험도 있어야 한다.

쉬지 않고 움직이던 설무린은 연속해서 몇 번 빙석에 맞더니 대(大) 자로 누워 버렸다.

천장에는 커다란 빙주들이 주렁주렁 달려 있다.

신나게 움직였더니 온몸이 쑤시다. 이제는 손가락 하나 꿈쩍할 힘도 없다.

꼬르륵.

뱃속에 들어 있는 아귀(餓鬼) 같은 놈이 배가 고픈 모양이다.

벽곡단이 든 항아리를 바라보던 설무린은 한숨을 푹 쉬었

다. 왠지 모르게 평소 식사를 대신하던 벽곡단이 내키지 않는
다.

문득 북해 생각이 났다. 더불어 이곳에서 한잔했던 술맛도
기억난다.

'한번 설족의 부락에 놀러 오라고 했었지?'

설무린은 몸을 일으켜 세운다.

왜인지 모르게 진짜 음식과 술 한잔이 자꾸 생각나는 날이
다. 비록 이곳에서 술이 귀하기는 하겠지만 가서 한잔하자고
청할 생각이다.

대신 북해동에서 나간 후 주기적으로 이곳에 술을 보내줄
생각이다.

설무린은 축 늘어지다시피 한 몸을 억지로 일으켜 세웠
다. 빙마몽환검이 아닌 보통의 것을 허리에 찬 그가 발을 옮
겼다.

단 한 번 가본 것뿐이지만 가는 길은 대충 알고 있다. 북해
동의 길은 결코 복잡하지 않다.

설무린은 터벅터벅 걷기 시작했다.

술 생각을 하니 없던 힘이 절로 솟는다.

급한 발걸음을 움직이지도 않았다. 먼 거리는 분명 아니지
만 설무린은 충분히 쉬면서 걸었다.

한 시진이 조금 안 걸려서 설무린은 설족의 부락에 도착했
다. 평소였다면 그 반도 채 걸리지 않았을 게다.

시간은 오래 걸렸지만 쉬면서 걸은 탓에 체력은 거의 회복된 상태다. 부락 안으로 성큼 들어서기가 무섭게 사방에서 설무린을 향해 시선이 쏟아졌다.

외지인은 눈에 띌 수밖에 없다. 더군다나 이 안에 있는 사람 중에서 설무린을 모르는 이는 없다. 처음엔 두려워했지만 이제는 아니다.

그가 이곳에 온 두일해의 잔당들을 쫓아낸 덕분이다.

어려울지언정 무섭지는 않다.

증오가 섞인 두려움이 아닌 순수한 경외감을 가지고 있는 것이다.

사람들이 하나씩 고개를 숙인다. 설무린은 불편했지만 이들의 습성을 잘 아는지라 아무런 제재도 가하지 않았다. 일일이 한 명씩 잡고 하지 말라 말한다 한들 들을 사람이 아니다.

북해도 처음에는 얼마나 설무린에게 예를 갖췄던가.

걸어가던 설무린은 갑작스럽게 옆에서 움직이는 누군가에게 시선을 돌렸다. 거한의 사내가 설무린의 옆으로 급히 다가온 것이다.

눈에 익은 자다.

일전에 이곳에 왔을 때 설무린에게 곱지 않던 시선을 날리던 거한. 그가 주먹을 꽉 쥐고 그의 옆에 섰다.

살기가 없다. 싸우려고 하는 게 아니다.

그가 갑자기 고개를 푹 하고 수그렸다.

"전에 무례를 용서하여 주십시오!"

설무린은 귀청이 아픈지 눈을 찌푸렸다. 무슨 놈의 사람 목소리가 이처럼 크단 말인가.

덩치에 어울리는 목소리다.

그렇지만 기분이 나쁘지는 않다. 우직하게 고개를 숙이고 있는 거한의 모습은 충신을 연상케 했다.

설무린이 아무런 말도 없자 그가 다시금 같은 말을 반복하려 했다. 그가 급히 손을 들어 사내를 제지했다.

"알겠으니 목청 좀 낮춰. 누굴 죽일 생각이야?"

"죄, 죄송합니다."

"북해는 있나?"

"최근 폭포에 자주 다니기는 하는데 오늘은 가는 걸 못 봤습니다. 아마 있을 겁니다."

알겠다는 듯이 고개를 끄덕인 설무린이 몸을 돌려 걷기 시작했다. 북해의 집 쪽으로 걸으며 그는 고개를 갸웃했다.

'폭포? 그곳에 무슨 일이지?'

북해동에 커다란 폭포가 하나 있다는 걸 알고 있다. 물론 단 한 번도 가보지는 않았지만 이야기는 들어봤다.

사람을 꽁꽁 얼려 버릴 정도의 한수(寒水)가 흐른다는 폭포.

한번쯤 가보려고 했는데 아직 실천에 옮기지는 못했다. 그런데 그곳에 북해가 자주 가는 모양이다.

북해의 집 앞에 도착한 설무린이 문을 두드렸다.

"북해 있습니까?"

"소궁주님?"

누군가의 목소리가 들리면서 문이 열린다. 열린 문을 통해 사내의 모습이 들어온다.

놀란 기색이 역력한 중년의 사내.

북해다.

그의 놀란 표정을 보아하니 이곳에 갑작스럽게 자신이 나타난 것이 당황스러운 모양이다.

설무린이 어깨를 으쓱하면서 말했다.

"언제는 한번쯤 찾아오라고 하시더니 설마 문전박대(門前薄待)하는 겁니까?"

"아, 아닙니다. 그저 갑작스럽게 오셔서 당황한 것뿐이지요. 어서 안으로 드시지요."

일순 당황하기는 했지만 못 올 곳을 온 것도 아니다. 애초에 북해 본인이 먼저 한번쯤 시간이 나면 설족의 부락을 찾아 달라고 하지 않았던가.

물론 이렇게 갑작스럽게 홀로 찾아올 줄은 몰랐지만 말이다.

방 안으로 들어선 설무린은 익숙하게 식탁에 가서 앉았다. 집 안은 조용하다. 오면 당연히 보일 줄 알았던 북설의 모습도 보이지 않는다.

자기도 모르게 부엌 쪽으로 시선을 던지던 설무린은 자신의 앞에 다가온 북해 때문에 고개를 돌렸다.

"뭘 찾으십니까?"

"아, 아무도 없는 것 같습니다만?"

"북설이가 잠시 외출을 해서……."

핑계다.

바깥 세상도 아닌 북해동에서 외출을 할 곳이 어디 있단 말인가. 일전에 설무린과 북설이 만났던 것도 북해가 함께했기에 가능했던 일이다.

북설은 원래 집 밖으로 자주 나가지 않던 여인이다.

하지만 지금 설무린에게 북설의 행동들을 말해줄 수는 없다. 그의 그림자무사가 되겠다며 검을 휘두르고 있다고 한다면 설무린은 과연 어떠한 표정을 지을까. 적어도 설무린의 표정이 좋지만은 않을 게다.

'외출이라…….'

설무린은 그 말을 곧이곧대로 듣지 않았다. 쉽사리 믿을 수 없는 말이라는 걸 그가 모를 리 없다.

북해는 의사를 빼면서 자신도 자리에 앉았다.

"혹 운보 때문에 오신 겁니까?"

"답을 달라고 찾아올 놈으로 보입니까?"

"그럴 리가요."

답을 내리지 못하면 스스로 찾으려고 노력하지 결코 그 답을 가르쳐 달라고 올 인물이 아니다.

설무린은 의자에 편하게 몸을 기대면서 말했다.

“식사나 한 끼 얻어먹으러 왔습니다. 오랜만에 벽곡단이 아닌 그냥 음식을 먹고 싶더군요. 후후.”

“그러십니까?”

“아, 덤으로… 술이라도 있으면 한잔하고 말이지요.”

“허허, 술을 원하셨던 것 같습니다.”

북해의 말에 설무린은 그저 웃기만 할 뿐 아무런 대답도 하지 않았다. 그의 말대로 술이나 한잔하고픈 마음에 설족의 부락까지 온 것이 아니던가.

그러한 설무린의 모습에 북해는 기분 좋게 미소 지었다.

분명 이곳에서 술은 귀하다.

북해동에서 술을 입에 댄다는 것은 하늘에서 별을 따는 것보다 어려운 일이다. 그렇지만 북해는 그러한 귀한 술 몇 동이를 가지고 있다. 아마 그 사실을 아는 것은 북해동에서 설무린뿐일 게다.

다른 이라면 몰라도 설무린에게라면 술 정도는 아깝지 않다.

북해가 짐짓 걱정이라는 어투로 말했다.

“이러다가 소궁주님께서 제 밑천을 전부 긁어 가시는 게 아닐까 걱정이 듭니다.”

“내가 북해동을 나가면 특별히 수레에 술을 실어서 넣어드리지요.”

“약속하시는 겁니다?”

“배 터져 죽을 정도로 넣어드릴 테니 걱정하지 않으셔도 됩니다.”

북해가 자리에서 일어났다.

식사를 준비해야 하는데 북설이 이곳에 없다.

나이가 든 이후로 음식은 그녀가 언제나 맡아서 하곤 했다. 그랬던 것이 무공을 익히면서부터 오히려 반대가 되어버렸다. 북해가 식사를 준비했고, 북설은 무공을 익힌다.

문제는 북해의 음식 실력이 그녀에 비해 형편없다는 거다.

자리에서 일어는 나긴 했는데…….

머리를 긁적이던 북해가 어정쩡한 표정을 지었다.

“왜 그러십니까?”

“술이야 두어 동이 숨겨둔 것이 있기는 한데… 북설이가 없는 바람에 음식을 제가 준비해야 합니다. 그런데 제 실력이 볼품없는지라…….”

“술만 있다면야 아무 거라도 뭐 어떻습니까.”

“알겠습니다. 준비할 테니 잠시 기다려 주시지요.”

말을 마친 북해가 주방으로 사라졌다.

설무린은 자리에 앉은 채로 주변을 두리번거렸다. 한번 와 본 적이 있는 곳이기에 왠지 낯설지가 않다. 별 특별한 물건 이라곤 아무것도 없는 곳이지만 왠지 모르게 푸근한 느낌이 감돈다.

북해와 북설이 살고 있는 곳이기 때문일지도 모르겠다.

주방에 들어갔던 북해가 금세 간단한 것들을 준비해 가지고 모습을 드러냈다.

조촐하나마 준비한 것을 식탁 위에 올려놓은 북해는 이번엔 어딘가에서 조그마한 술 동이 하나를 들고 나타났다. 닫아두었던 뚜껑을 열자 진한 술 냄새가 팍하고 주변을 채웠다.

독하디독한 화주(火酒).

자리에 앉은 설무린과 북해는 술잔을 나누었다.

술이 두어 순배 돌았다.

독하기만 한 화주지만 달게 느껴진다. 오랜만에 마시는 술은 설무린의 기분을 좋게 만들었다.

얼마 전 북해빙궁에 돌아갔을 때도 몇 잔 술을 마시기는 했지만 지금 같은 기분이 들지는 않았다.

식탁 위에 있는 음식과 술은 연회 때와는 비교도 할 수 없는 싸구려다. 그렇지만 오히려 지금 마시는 이 싸구려 술인 화주가 더 달짝지근하게 느껴진다.

"좋군요."

"크으."

북해는 소매로 입을 닦아낸다. 최근 설무린과 술을 마신 적이 있기는 하지만 그때를 제하고는 오랜 시간 술을 입에 대지 않은 그다.

저번과는 달리 오늘은 술의 양도 꽤 많다.

취기가 금방 올라온다.

둘은 그다지 대화를 나누지 않으면서 계속해서 술을 주거니 받거니 했다.

이야기를 하지 않는 데도 불구하고 자리가 어색하지 않다.

그렇게 쉬지 않고 술을 마셔대니 한 시진을 버티지 못하고 술 동이가 바닥이 나버렸다.

"…소궁주님."

얼굴이 다소 불그스름하게 변한 북해가 설무린을 부른다. 그가 술잔을 만지작거리다가 북해를 바라봤다.

잠시 망설이던 북해가 입을 열었다.

지금이 아니라면 이런 말을 할 기회가 없을지도 모른다는 생각에서였다.

"일전에 제가 말씀드린 것이 있지 않습니까, 언젠가 한 가지 부탁을 하게 될지 모른다는 말. 기억나십니까?"

"북해와 한 약속을 잊을 리가 있겠습니까."

기억난다.

격보와 운보에 대해 가르쳐 주기 전 설무린에게 북해가 간곡한 어투로 했던 말이다.

너무나 진지했던 그 모습에 그러겠다고 약조도 했다.

북해는 술을 한 모금을 더 들이켜 마시고서야 다시금 입을 열었다.

“북설에 대한 것이었습니다.”

“북설?”

이외의 말에 설무린이 반문했다.

그가 어떠한 청을 할지 이런저런 생각은 해봤지만 북설에 대한 것일지는 몰랐다. 북설에 대한 것이라는 말에 설무린은 무엇인가를 생각해 내고 물었다.

“북설을 북해동에서 데리고 나가 달라는 겁니까?”

“반은 그렇습니다.”

“반은?”

북해가 자리에서 일어났다.

취기에 오른 듯하지만 결코 정신을 놓은 것은 아니다. 마음만 먹으면 술기운쯤이야 내공으로 날려 버릴 수도 있다. 그런데도 불구하고 그는 그러지 않았다.

“시간이 되시면 저와 어딘가를 가셨으면 하는데……”

“그러죠.”

북해는 아직 전부를 말하지 않았다. 북설을 이곳에서 데리고 나가 달라는 것 같기는 한데 그게 전부가 아니란다. 북해가 하고 싶은 말의 진의를 알고 싶다면 따라가야 한다.

망설이지 않고 북해를 따라나서기로 마음먹은 설무린은 문을 열고 바깥으로 걸어나갔다.

술기운이 도는 와중에 차가운 북해동의 한풍이 확하니 불어온다.

그의 뒤로 북해가 바짝 뒤쫓는다. 문을 걸어 잠근 북해가 앞장서서 걷기 시작했다.

많은 이들이 설무린과 북해를 바라봤다. 그렇지만 그들 중 누구도 먼저 둘에게 다가와 말을 걸지 못했다, 둘 사이에 흐르는 미묘한 기운을 느끼기라도 한 것처럼.

북해는 말없이 걷기만 했다.

설족의 부락을 벗어나 이각가량을 부지런히 걸었다.

북해의 뒤를 따라 걷기만 하던 설무린의 귀에 무엇인가 소리가 들려오기 시작했다. 소리는 점점 걸음을 옮길수록 거대하게 변했다.

'물 떨어지는 소리? 그럼… 폭포로군.'

말로만 듣던 그 폭포가 바로 근처에 있는 모양이다.

점점 물소리가 거세진다. 그리고 이제는 시야로 확인할 수 있는 거리에 폭포의 모습도 보인다. 그제야 설무린은 북해가 애초에 폭포를 찾아온 것이라는 걸 눈치 챘다.

최근 들어 그가 이 근방으로 자주 온다는 말을 들었던 것도 퍼뜩 기억이 났다.

콰아아!

눈앞에 보이는 폭포는 꽤나 강한 물줄기를 자랑했다.

그렇지만 쏟아지는 물은 한눈에 알 수 있는 지독한 한수다. 물에서 뿜어져 나오는 하얀 김은 그것이 얼마나 차가울지를 여실히 드러내 줬다.

폭포의 근처에 다다른 북해가 발을 멈췄다.

뒤쫓던 설무린은 그의 옆에 가서 섰다.

북해의 시선이 향하는 곳……. 설무린 또한 고개를 돌렸다.

떨어지는 폭포수와 물이 만나면서 하얀 거품이 솟구쳐 오르는 곳. 가만히 그곳을 응시하던 설무린은 무엇인가를 발견하고는 두 눈을 크게 떴다.

검은색의 무엇인가가 흔들거린다고 생각했다.

그것이 사람의 머리카락이라는 것을 아는 데에는 오랜 시간이 걸리지 않았다.

그리고 이내 그 머리카락의 주인이 누군지도 알았다.

설무린은 그나마 남아 있던 술기운이 확하니 사라지는 것을 느꼈다.

"왜… 저기에……."

"설아입니다."

안다. 그걸 알기에 지금 설무린의 표정이 이렇게 일그러진 것이다. 머리 쪽으로 피가 확 몰리는 기분이다.

급히 움직이려는 설무린을 북해가 잡았다.

"소궁주님이 오신 걸 저 아이가 알면 안 됩니다."

"……."

"제가 하려고 했던 부탁을 말씀드리지요."

설무린은 북해를 바라봤다.

그가 북설을 얼마나 생각하는지 잘 아는 설무린이다. 그리고 지금 말을 하는 북해의 표정은 안타깝다는 말로밖에 표현할 수 없을 정도로 가라앉아 있다.

그 또한 지금의 상황에 괴로워하는 게다.

"저 아이가 소궁주님의 그림자무사가 되려고 합니다."

"하, 하하!"

쓸쓸하게 웃음을 터뜨렸다.

무슨 말도 안 되는 소리란 말인가. 단 한 번도 그림자무사가 필요하다고 한 적도 없었고, 바라지도 않는다. 미친 듯이 웃는 설무린을 보며 북해가 가라앉은 목소리로 말했다.

"저 아이는 진지합니다, 자신의 목숨을 걸 정도로."

무서울 정도로 거센 폭포수가 북설의 몸을 쉬지 않고 때려 댄다. 새하얗게 질린 얼굴. 그런데도 불구하고 피가 날 정도로 꼭 깨문 입술. 그만큼 결연한 의지로 뭉쳐 있다는 소리다.

"포기하게 하려 했습니다. 하지만……."

욕심이라는 걸 가져 본 적이 없는 아이다. 그런데 이제는 반드시 그림자무사가 되겠다며 독하디독한 짓을 서슴없이 해 내고 있다.

설무린은 아무런 말도 없이 폭포수 아래에 서 있는 북설을 바라봤다.

"훗날 만약 북설이 소궁주님을 찾아간다면… 그때는 받아 주십시오."

“나의 그림자무사로 들어오면 죽습니다.”

“찾아갈 일은 없을 겁니다.”

또 이건 무슨 소리란 말인가.

북설이 찾아오면 받아달라더니 이번에는 찾아올 일이 없을 거란다. 알 수 없다는 표정을 짓는 설무린에게 북해는 자신의 속내를 밝혔다.

“지금은 저 아이의 의지를 꺾을 수가 없습니다. 하지만 나중 북해동을 나간다고 할 때 전 저 아이를 시험할 겁니다.”

대충 무슨 말을 하는지 알 것 같다. 북설의 재능이 대단하다고 해도 뛰어넘지 못할 것을 북해가 준비하려는 것이다. 그러한 방법으로 그녀를 나가지 못하게 하려는 것일 게다.

“하지만 그런데도 불구하고 저 아이가 제 시험을 통과한다면…….”

북해가 설무린을 바라본다.

남은 것은 그의 대답뿐이다. 대답을 기다리는 북해의 눈을 바라보던 설무린은 고개를 끄덕인다.

약조를 한 것이다. 그 어떠한 부탁이라도 들어준다고 했다. 이제 와서 그러한 대답을 번복할 수는 없다. 거기다가 북해가 어떠한 수를 써서라도 북설을 포기하게 할 거라는 생각도 들어서다.

그림자무사를 해본 적이 있는 북해다. 그라면 그림자무사의 위험함을 누구보다 잘 알 게다.

"약속하지요. 그때는 저 아이를 제 그림자무사로 받아들이겠습니다."

"감사합니다, 소궁주님."

북해가 고개를 숙였다.

설무린이 말없이 폭포 아래에서 거센 폭포수를 받는 북설에게로 시선을 돌렸다.

작디작은 몸에서 어찌 그리 거력이 나오는지 용케도 버티고 있다.

설무린은 북설이 있는 반대편으로 돌아서 물이 있는 곳을 향해 다가갔다. 그의 옆에는 북해가 그림자처럼 따랐다. 조용히 물가에 다다른 설무린은 물속에 손가락을 집어넣었다.

뼈까지 얼려 버릴 정도의 지독한 한기!

그러한 곳에 북설은 몸을 담그고 있는 것이다.

자신의 그림자무사가 되기 위해서…….

남의 일에 신경을 쓰지 않는 설무린이다. 그런 그인데도 불구하고 지금 북설의 모습은 쉽사리 눈을 떼기가 어렵다.

차가운 물을 옷에 닦아내며 설무린은 자신도 모르게 쓸데없는 걱정에 빠졌다.

'쯧, 저러다 감기 걸릴라…….'

第九章

수라군림(修羅君臨)

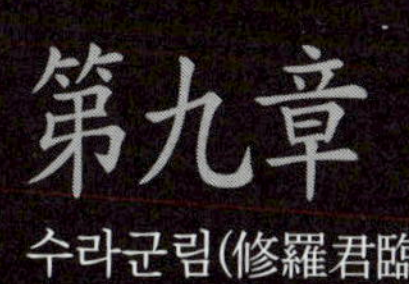

북해빙궁의 이대검공 중 하나인 설풍수라마검.

극환(極幻)이라는 말로밖에 표현할 수 없는 변화무쌍한 검법이다. 전 삼식과 후 삼식 해서 총 여섯 개의 초식으로 이루어진 환검.

설풍수라마검의 절초이자 후 삼식의 마지막 초식은 수라군림(修羅君臨)이다.

여태까지 익혀왔던 다섯 개의 초식도 변화무쌍한 것들이었지만 절초인 수라군림에 비한다면 아무것도 아니다.

일보를 내디딜 때 검은 천변(千變)이요, 두 번째 걸음을 내딛는 순간 만변(萬變)이다.

보보를 내디디면서 휘두르는 검은 쉴 새 없이 변화한다. 그리고 일 보마다 터져 나오는 웅장함에 웬만한 자들은 뒤로 물러서게 만들 정도로 패기가 넘친다.

그 걸음걸이에서 느껴지는 강렬함은 태산을 억누른다.

그러한 위력적인 초식이니만큼 익히는 것이 까다로운 것은 당연하다. 한 달이 넘게 수라군림에 매달렸지만 아직도 이 초식만큼은 제대로 펼치지 못한다.

사방에서 날아드는 빙석을 쳐내기는 하지만 이것으로 다가 아니다.

파괴력이 부족하다.

수라군림을 내딛는 순간 사방으로 퍼져야 하는 그 웅장한 기운이 없다. 괜히 수라군림이라고 불리는 것이 아니다.

수라가 군림한다는 느낌을 가지게 해야 한다. 그렇지만 그것은 결코 쉬운 일이 아니다.

북해동에 들어선 지 벌써 십 개월.

이제 남은 시간은 두 달에 불과하다. 격보와 운보는 아직 미완성이다. 그렇지만 시간은 많다. 북해동을 나가서도 격보와 운보에 대한 연구를 계속할 것이다.

두 개의 발걸음을 무공과 하나로 만드는 것은 그처럼 쉬운 일이 아니기 때문이다.

적어도 방향을 잡았다고 생각하는 격보와 운보와 달리 수라군림은 모호하다. 마치 안개가 그 실체를 가리고 있어 겉모양만 얼핏 보고 그것의 정체를 파악해 내려는 듯한 기분이다.

단 한 번 설군표가 펼친 수라군림을 보았다.

그때 그의 몸에서는 그 누구도 범접할 수 없는 절대자의 기운이 풍겨져 나왔다.

하지만 설무린의 수라군림은 그러지 못했다.

검을 들었다.

그런데 방향을 알지 못하겠다.

수라군림이 어떠한 초식인지 알고, 또 어떻게 해야 하는지도 아는데 어떻게 펼쳐야 할지 모르겠다.

한 달이 넘도록 펼친 초식인데 아직 그 실체도 잡지 못했다.

수천 번에 달하는 연습 덕분에 가지고 왔던 빙석의 대부분이 박살 난 상태다. 그나마 이제 남은 빙석의 양은 어린아이의 머리만 한 정도뿐이다.

설무린은 그 빙석들을 백사의 껍데기를 꼬아 만든 줄에 다시금 고정시켰다.

백사의 껍데기도 몇 차례 바꿨거늘 상대가 영 아니다. 그만큼 설무린의 훈련이 지독했다는 소리도 된다.

북해동에 있는 십 개월 동안 설무린은 단 하루도 쉬지 않았다, 중산에 북해빙궁에 일이 있어 나갔다 온 것을 제하고는.

투둑.

빙석을 고정하던 중 결국은 버티지 못한 백사의 껍데기가 뜯어져 버렸다.

가만히 빙석의 껍질을 들고 있던 그는 한숨을 내쉬었다.

"남은 백사의 껍데기도 없을 텐데……. 또 놈들을 잡으러 가야겠군."

설무린은 뽑아 들었던 검을 허리에 차고 훈련장에서 걸어 나갔다.

백사는 귀찮은 놈들이다. 애초에 숫자도 적어 찾는 것도 꽤나 까다롭다. 그런 것을 수십 마리를 이미 잡아서 재료로 사용했다. 날이 갈수록 백사를 잡는 것이 어려워지고 있다.

미끄러운 북해동의 바닥을 설무린은 어렵지 않게 걷고 있다.

얼음 위를 걷는 것은 그에겐 아무런 일도 아니다. 마치 평지에서처럼 설무린은 거침없이 걸어나간다.

주변을 두리번거리며 설무린은 무엇인가를 찾는다.

북해동에 사는 백사다. 몸의 색도 눈처럼 하얗기에 구별해 내는 것은 쉽지 않다.

놈들을 찾아내는 방법은 따로 있다.

그것은 바로 핏물을 머금은 듯한 백사의 붉은 눈동자다. 온통 하얀 것이 천지인 이곳에서 붉은 눈동자는 쉽사리 눈에 띈다.

그러한 방법이 있는 데도 불구하고 아직까지 단 한 마리도 발견하지 못한 것은 그만큼 백사가 찾기 어려워서다.

설무린은 눈 위에 서서 발끝을 움직였다.

슥슥.

눈을 쓸어 넘기며 안을 살폈지만 백사는 보이지 않는다. 저번에 이 근방에서 마지막 한 놈을 잡은 기억이 있어서 주변을 둘러봤는데 백사의 꼬리도 보이지 않는다.

"단체로 잠이라도 자는 건가."

일반적인 뱀은 날씨가 추워지면 겨울잠에 든다. 그렇지만 북해동에 사는 백사는 다르다. 백사는 겨울잠을 자지 않는다. 잠시 동안 수면기가 있기는 하지만 그것은 제각각이다.

정해진 때에 단체로 모습을 감추거나 하지 않는다는 거다.

주변을 둘러보며 뭔가 구멍 같아 보이는 곳은 모두 파헤쳤지만 백사는 없다.

설무린은 짜증스럽게 구멍을 발로 쿡쿡 쑤시다가 이내 긴 한숨을 내쉬었다.

무공의 진전이 없다.

여태까지 무공을 익히면서 막힌 적이 있기는 했지만 길이 보이지 않은 적은 단 한 번도 없다.

수십 가지의 경우를 생각하고 수라군림을 펼쳐 보았지만 답은 매번 같다. 계속해서 실패하자 뭔가 틀린 게 아닌가 하는 생각이 머릿속을 채운다.

'우선은 백사부터.'

마음은 초조하지만 아직 시간은 있다. 후회는 두 달이라는 남은 시간이 다 지나고 나서 해도 될 일이다. 그전까지는 할 수 있는 모든 것에 전력을 쏟아내는 것뿐.

잠시 쉬던 설무린은 다시금 발을 놀렸다.

그렇지만 한번 모습이 보이지 않는 백사를 찾는 일은 꽤나 어려웠다. 벌써 한 시진가량을 돌았거늘 그나마 잡은 백사의 숫자가 네 마리뿐이다.

열댓 마리는 더 잡아가야 남은 두 달이라는 시간 동안 다시는 이렇게 백사를 잡으러 오지 않아도 될 게다.

이왕 움직인 김에 해결하는 것이 낫다.

'거길 가야 하나.'

아무리 뒤져도 열 마리가 넘는 백사를 잡는 것은 어려운 일이다. 열 마리가 넘는 백사를 잡을 만한 곳이 한곳 있기는 하다.

바로 폭포 주변이다.

유일하게 햇빛이 들어오는 그곳에는 백사의 먹이가 많다. 그 탓에 많은 백사들이 몰린다. 물론 모르던 사실이지만 얼마 전에 북해를 따라 그곳에 갔다가 알았다.

다소 꺼려지는 이유는 바로 그곳에 북설이 있기 때문이다.

북해의 말대로라면 단 하루도 쉬지 않고 그곳에 간다는데…….

모르는 일이다, 또 한 달은 지났으니 그동안 포기했을지도.

그렇지만 왠지 모르게 그곳에 가면 북설을 만날 것 같다는 생각이 든다. 자신이 그녀를 보는 건 문제가 안 되지만 그 반대가 되면 다소 곤란하다.

북설에게 모습을 들키지 말아달라고 부탁한 북해다.

'들키지 않으면 상관없겠지.'

설무린은 수월하게 답을 내렸다. 그녀의 이목을 숨기는 것은 어렵지 않다.

근방을 뒤지다가 백사의 숫자만 채우고 사라지면 그만이다. 그녀가 설무린을 발견할 확률은 없다.

마음을 결정하자 그는 망설이지 않았다. 설무린은 그대로 폭포가 있는 쪽으로 걷기 시작했다.

얼마를 걷자 시원하게 쏟아지는 물줄기가 눈에 들어온다.

위에서 떨어져 내리는 물줄기는 여전히 하얀 거품들을 만들어내며 마귀처럼 입을 벌린다.

북설의 모습은 보이지 않았다.

'포기한 건가?'

내심 안타까운 마음이 들기는 했지만 그녀를 위해서는 오히려 나은 선택이다.

북설을 본 것은 단 두 번이다. 그때 본 북설이라는 여인은 아직 나이도 차지 않은 약하디약한 소녀였다.

그런 그녀가 죽음을 무릅쓰고 그림자무사가 되겠다며 악을 쓰는 모습은 그리 보고 싶지 않다.

폭포 근처에서 북설의 모습이 보이지 않자 고개를 돌린 설무린은 백사를 찾기 시작했다.

 얼마 전 본 것처럼 백사가 꽤나 많다. 애초에 이곳으로 왔다면 열댓 마리 잡는 것은 반 시진도 채 걸리지 않았을 게다.

 '괜한 수고를 했군.'

 한 마리를 남기고 주변을 뒤적거리던 설무린의 눈에 붉은 눈동자가 들어왔다.

 멀리서 보이는 붉은 눈동자를 설무린은 놓치지 않았다. 그의 몸이 번개처럼 앞으로 쏘아졌다.

 검이 앞으로 쏘아졌다.

 '마지막!'

 퍽!

 그대로 머리를 꼿꼿이 세우고 있던 백사의 머리가 단숨에 꿰뚫렸다. 검끝에 박힌 백사를 들어올리며 뽑아내던 설무린의 귓가에 바람 소리가 들렸다.

 붕! 부웅!

 그가 시선을 돌려 아래를 내려다봤다.

 그곳에는 긴 머리를 푼 채로 검을 휘두르는 여인이 있었다. 북설이 그곳에 있는 것이다.

 온몸이 땀으로 젖어 있다. 입고 있는 옷은 어떠한 연유인지는 모르겠는데 드문드문 피가 묻어 있다. 무엇인가에 베인 것 같지는 않다. 아마 그녀의 몸에 상처가 난 모양이다.

 한눈에 봐도 한참은 검을 휘둘렀다는 걸 알 수 있을 정도다. 그런데도 불구하고 북설은 이를 악문 채로 버티고 있다.

설무린은 그러한 북설을 말없이 바라봤다.

그가 나지막하게 중얼거렸다.

"…포기하지 않은 거냐."

얼마 전에는 북설의 얼굴을 제대로 보지 못했다.

떨어져 내리는 폭포수 때문이다. 그에 반해 지금은 그녀의 얼굴이 똑똑하게 눈에 들어온다. 제법 거리가 있기는 하지만 이 정도는 설무린에게 아무런 것도 아니다.

북설의 표정은 단호했다.

대나무. 그래, 대나무다. 꺾이지 않는 대나무의 느낌이 물씬 풍긴다. 설무린은 말없이 그녀를 바라봤다.

처음 봤을 때는 경공을 제하고는 아무런 것도 모르는 듯했는데 그때와는 비교도 할 수 없을 정도로 검이 날카로워졌다. 짧은 시간 안에 익힌 무공이라고는 믿기 어렵다.

'대단하군.'

검로가 끊이지 않는다.

내공이 뒷받침해 주고 그것의 운용이 능숙하다는 소리다. 반년도 되지 않아 이른 경지가 벌써 일류에 다다르고 있다. 이 속도라면 몇 년 후에는 알아주는 고수가 될 지도 모른다.

설무린은 그 자리에 서서 북설을 계속해서 내려봤다.

왠지 모르게 그녀의 검에 눈이 가기 시작하더니 지금에는 눈을 떼기가 어렵다.

북설의 검은 곧 북해의 검.

그녀의 손에서 펼쳐지는 검은 왠지 익숙하면서도 이질적이다. 계속해서 바라보니 무엇이 자신의 신경을 건드렸는지 알아차렸다. 검에서 풍기는 느낌이 너무나 흡사하다.

그렇지만 불가능하다.

설무린이 익힌 내공심법은 빙백신공(氷白神功)이다.

빙백신공은 북해빙궁 내에서도 높은 신분의 핏줄을 타고 나지 않으면 접할 수 없는 신공이다. 지금 현재 북해빙궁 내에서 빙백신공을 알고 있는 자는 두 손으로 꼽을 수 있을 정도로 적다.

그 외의 인물들은 다른 내공심법을 익힌다.

그런데 지금 북설에게서 느껴지는 이 느낌은 빙백신공이다.

'다르지 않아. 빙백신공을 익혔다.'

크게 놀랄 일이지만 예상보다 설무린은 당황하지 않았다. 북해라는 인물을 알게 되면서 왠지 이런 일에 익숙해진 느낌이다.

'거참, 이런 일에 익숙해지다니…….'

놀라는 것에 익숙해졌다는 사실이 우스운 모양이다. 자신의 생각이 맞다는 확신을 하면서 그는 계속해서 북설의 모습을 바라봤다.

휘둘러지는 검, 그리고 보법.

바라보던 설무린은 뭔가가 눈에 걸리는지 미간에 주름을 잡았다. 그는 눈을 치켜뜬 채로 다시금 북설의 움직임을 바라봤다.

바로 보법과 손, 그리고 검이 하나처럼 움직이려고 한다는 거다. 그 모습을 설무린은 계속해서 바라만 봤다.

움직이는 북설의 몸, 그리고 손과 발…….

'그거다!'

북해빙궁의 무인이라면 누구나 다 아는 검법이 바로 북해빙검이다. 그것은 북해빙궁 검법의 기본 토대가 된다. 그리 위력은 강하지 않지만 그 안에는 쾌(快), 중(重), 환(幻), 변(變) 등의 검술의 모든 묘리가 담겨져 있다.

지금 북설이 펼치는 것은 북해빙검과 흡사했다.

그러한 모습을 바라보던 중 무엇인가 깨달은 것이 있는 것이다.

막혔던 것이 풀렸다. 설풍수라마검의 마지막 초식인 수라군림이 완벽하지 못했던 이유를 알아차렸다.

제방이 무너져 버리면서 쏟아져 나오는 물처럼 생각이 계속해서 꼬리를 문다.

보다 높은 무공을 익히면서 가장 기본을 잊고 있었다.

그랬기에 수라군림은 완벽해질 수 없었던 것이다.

'바보처럼 가장 중요한 걸 잊다니…….'

설무린은 자리에서 벌떡 일어났다. 당장이라도 자신의 생각이 맞는지 실험해 보고 싶은 욕구가 치민다.

앞뒤 가릴 것도 없이 그는 급하게 발걸음을 옮겼다.

백사를 든 채로 설무린은 경공을 펼쳤다.

그가 사라지는 순간 아래에서 검을 휘두르던 북설이 갑작스럽게 모든 움직임을 멈췄다.

힘이 들어서가 아니다. 그녀는 고개를 들어 방금 전에 설무린이 있던 근처를 살폈다. 북설은 이상하다는 듯한 어투로 중얼거렸다.

“누군가 있는 것 같았는데…….”

그녀의 실력은 일취월장했다. 설무린이 북설을 얕보고 제대로 기척을 감추지 않아서이기도 했지만 예전의 그녀였다면 불가능한 일이다.

잠시 의아해했지만 아무도 보이지 않자 북설은 자신이 잘못 느낀 것이라고 판단했다.

팔이 떨어질 것처럼 무겁지만 강하게 움켜쥔 검을 북설은 놓지 않았다. 그렇지만 손아귀에서 느껴지는 쓰라린 감각에 그녀가 살짝 눈을 찡그렸다.

검을 다른 손으로 쥔 북설은 자신의 손바닥을 바라봤다.

쉬지 않고 검을 휘두른 탓인지 손이 피에 젖어 있다. 얼마나 지독하게 훈련을 해왔는지 알 수 있을 정도다.

북설은 눈을 질끈 감은 채로 품속에 있는 천으로 자신의 손에 흐르는 피를 닦아냈다.

피를 닦아내자 물집과 상처로 가득한 손바닥이 보인다.

북설은 그러한 자신의 손바닥을 바라보면서 중얼거렸다.

"…아프다."

급하게 거처로 돌아가던 설무린이 갑자기 멈추어 섰다. 아직 거처로 가려면 일각 정도는 더 이동해야 했지만 더는 참기 힘들었다.

백사를 무작정 옆으로 던져 버리고는 설무린은 검을 뽑아 들었다.

방금 전 알아차렸던 심득. 놓치고 싶지 않다.

뽑아 든 검에서 갑작스럽게 한기가 일기 시작했다.

온몸에 있는 근육들이 잔 경련을 일으키듯이 떨린다. 그렇게 설무린의 발이 움직였다.

'수라군림은 변화의 극의야.'

발걸음에도 변화가 있어야 하고, 움직이는 손끝에도, 그리고 손에 들려 있는 검에서도 변화가 담겨져 있어야 한다.

문제는 여태까지 이 세 가지를 삭삭 늘렸다는 기다.

틀렸다. 거기서 바로 수라군림의 초식이 제 위력을 발휘하지 못했던 것이다.

보법과 손, 검이 하나가 되어야 한다.

세 가지가 하나가 되었을 때야 그것이 수라군림의 초식이 되는 것이다.

북해빙궁 검술의 기본인 북해빙검에서 환의 요결에 대해 가장 중요하게 강조하는 것이 있다.

삼행일체(三行一體).

세 가지의 행동이 하나가 되어야 진정한 환이다.

하나만 움직일 때는 천 개의 변화를 지닌 천변, 두 개가 동시에 움직이면 그때는 만변.

마지막으로 세 개가 동시에 움직일 때는 무변(無變)이다.

그토록 많은 변화가 단숨에 사라진다. 변하되 변하지 않는다. 그것이 바로 무변!

설무린의 손에 들린 검이 쏘아진다.

발과 손, 검이 하나다. 애초부터 하나였던 것처럼 동시에 변화가 일어나기 시작했다.

사방으로 강렬한 힘이 쏟아져 나간다. 그의 손에서 여태까지와는 확연하게 다른 수라군림이 펼쳐졌다.

파파팍!

날아드는 일 검 일 검이 필살초다. 과연 세상에 누가 이것을 받아낼 수 있을까 하는 의문이 들 정도로 강력한 검식.

정신을 잃고 미칠 듯이 추는 검무는 끝이 나지 않을 것만 같았다.

일각가량을 수라군림을 펼친 후에서야 설무린이 검을 멈췄다. 그의 눈에 그제야 주변의 모습이 눈에 들어오기 시작했다.

성한 것이라고는 눈을 씻고 찾아봐도 없다. 주변에 있는 거대한 바위들도 모두 잘려져 나갔고, 땅들도 마치 폭탄이 터진 것마냥 움푹 파여져 버렸다.

설무린이 고개를 치켜들었다.

그의 입에서 커다란 웃음이 터져 나왔다.

"하, 하하하!"

완성했다.

북해빙궁의 이대검공 중 하나인 설풍수라마검을.

북해동에 들어온 지 십 개월 만의 일이다.

설무린은 검을 허리에 차고 자신이 던져 놓은 백사들을 찾기 시작했다. 하지만 이미 놈들 또한 형태를 알아보기 힘들 정도로 갈가리 찢어져 버렸다.

설무린은 찢어진 백사의 껍데기를 추스르면서 나지막이 중얼거렸다.

"슬슬… 나갈 때가 된 건가."

애초에 북해동에 들어온 목적이 바로 설풍수라마검을 익히는 것이었다. 아직 일 년을 채우지는 않았지만 북해빙궁으로 돌아가련다.

잘은 모르지만 설군표가 흘리듯이 내뱉은 말들을 결코 가벼이 듣지 않았다. 그는 뭔가를 알고 설무린에게 숨기고 있다. 그리고 아마도 그것은 북해빙궁과 관련된 일일 것이다.

북해빙궁으로 돌아가면 해야 할 일이 많다.

무공을 완성한 이상 당장이라도 나가는 것이 좋겠지만 아직 그래도 이곳 북해동에서 정리할 것이 남아 있다.

"북해, 기다리지요."

며칠 후 북해가 찾아올 게다.

언제나처럼 설무린을 찾아왔던 북해는 다소 낯선 그의 모습에 내심 당황했다. 항상 이곳에 올 때면 그는 미친 듯이 검을 휘두르고 있곤 했다. 그리고 어느 순간부터 그러한 것이 당연하다고 느껴졌다.

그런데 오늘은 아니다.

설무린은 깔끔한 옷을 입은 상태로 가부좌를 하고 앉아 있다.

검을 휘두른 흔적도 없다. 주변의 모든 것들이 예전과는 다르게 다소 정돈된 느낌이다.

'며칠 동안 검을 휘두르지 않았어.'

단지 주변을 살피는 것만으로도 북해는 그러한 사실을 알아차렸다. 그렇지만 그는 아무런 일도 없는 것처럼 태연하게 가부좌를 하고 있는 설무린에게 다가갔다. 옆에 다가선 북해는 아무런 말도 하지 않고 옆에 묵묵히 서서 눈을 뜨기만을 기다렸다.

설무린은 오랫동안 눈을 뜨지 않았다, 긴 잠에 빠진 것처럼.

반 시진가량을 가부좌를 튼 채로 침묵하던 그가 마침내 눈을 뜨면서 고개를 들었다.

북해는 고개를 숙여서 인사를 건넸다.

설무린이 자리에서 일어나자 북해는 알 수 없는 감각을 느꼈다. 절정의 고수이기에 가능한 그러한 미묘한 감각이다.

'…풍기는 기도가 달라졌어.'

열흘 전에 보았을 때와는 뭔가가 다르다. 그것이 무엇인지 모르겠지만 변한 것은 분명하다.

"기다렸습니다, 북해. 며칠 동안 검을 휘두르지 않아 손이 근질근질해서 혼났거든요."

북해의 생각대로였다.

설무린은 수라군림의 초식을 완성한 그날부터 검을 들지 않았다. 그가 아무런 것도 하지 않고 쉬었다는 소리는 결코 아니다. 설무린은 결단코 그런 인물이 아니다.

죽는 순간에도 검을 찾을 검귀(劍鬼), 그것이 바로 설무린이 아니던가.

그는 직접 몸을 움직이는 대신 눈을 감고 자신의 모습을 그렸다.

비록 검을 들고 펼친 것은 아니지만 머릿속에서는 수백 번, 아니, 수천 번이 넘게 수라군림의 초식을 펼쳤다.

온몸에 힘이 꿈틀거린다.

당장이라도 폭발시키고 싶은 힘들이 그를 유혹하는 것이

다. 그래도 꾹 참아왔다, 바로 오늘 북해와의 만남을 위해서.

"무엇인가 깨달은 것이 있으신 모양입니다."

"후후, 보시면 알 겁니다."

설무린의 입가에 자신 어린 미소가 걸린다. 그러한 그의 태도에 북해는 내심 궁금증이 치밀기 시작했다. 언제나 자신이 있는 사내이기는 하지만 지금은 그런 때와 뭔가 다르다.

정말로 무엇인가 커다란 것을 터뜨릴 것만 같은 그런 느낌이 든다.

설무린은 아무런 말도 없이 검을 뽑아 들었다. 그만큼 지금 그가 검을 움직여 보고 싶다는 소리다. 북해 또한 아무런 대꾸 없이 검을 든다.

'한번 봐드리지요, 소궁주님이 제게 보여주려고 하는 것이 무엇인지.'

그는 지금 북해에게 뭔가를 보여주려고 하는 거다. 그것이 과연 무엇일지는 모른다. 부딪쳐 봐야지만 알 수 있는 일이다. 그렇지만 심장이 두근거린다.

이 사내는… 사람을 두근거리게 만드는 무엇을 가지고 있다.

솔직히 말해 설무린이 북해의 비해 실력이 많이 모자란 것은 사실이다. 그의 재능이 탁월하다고는 하지만 아직 북해에 견준다는 것은 어불성설이다. 재능으로 뛰어넘기에는 북해는 엄청난 고수인 것이다.

북해빙궁의 궁주인 설군표조차도 이길 수 있을지 장담할 수 없다고 한 사내다. 한마디로 북해빙궁에서 가장 강한 사내라는 소리이기도 하다.

두 사내의 사이에 차가운 한줄기 바람이 스치고 지나간다.

말없이 서로를 바라보던 둘이 동시에 움직였다.

팡!

서로의 검이 빠르게 몸을 맞추고 다시 떨어져 버렸다.

묵직한 힘이 손목에 느껴진다. 지금 설무린의 검은 예전에 비해 더더욱 절실하다는 느낌이 든다.

마치…

'떠나려는 건가?'

채 생각은 이어지지 못했다. 검이 다시금 북해를 노리고 날아든다. 설풍수라마검만을 펼치던 설무린이거늘 오늘은 다르다.

그의 검은 무거운 중검이요, 빠른 쾌검이기도 했다.

북해가 뒤로 물러서면서 검을 움직였다.

만약 북해의 생각대로 마지막이라면… 그 또한 그냥 보내줄 수는 없는 일 아닌가.

비부를 펼치면서 거의 공격을 하지 않는 북해다. 그렇지만 그의 검이 갑자기 변했다.

방어만 하던 검이 어느새 공격을 가해오고 있다. 애초에 멀찌감치 물러섰던 설무린의 두 손에 공력이 몰리기 시작했다,

차가운 한기가 뼈마디를 시큰거리게 할 정도.

'빙백신장!'

누구보다 북해빙궁의 무공을 잘 아는 북해다. 설무린의 두 손에 모이는 한기는 보통의 장법이 아니다.

북해제일장(北海第一掌)이라고 불리는 빙백신장이 분명하다.

설무린이 손을 앞으로 뻗었다. 순간 그의 손바닥에서 확연하게 보일 정도의 한풍이 쏘아져 나왔다.

한풍이 지나가는 길에 거대한 얼음 기둥이 생겨나기 시작했다. 북해동에 들어오기 전과는 비교도 되지 않을 정도의 빙백신장이다.

피하지 않았다.

북해는 검을 일직선으로 휘둘렀다.

쩌저적!

얼음이 반으로 갈라졌다. 동시에 얼음을 가른 북해의 몸이 그 사이를 비집고 들어갔다. 검이 날아든다.

스윽.

가볍지만 베고 지나갔다.

설무린의 옷섶이 갈라지면서 펄럭였다. 북해의 검이 한 치만 깊었다면 지금 그는 죽었을 것이다.

북해가 봐준 것은 아니다. 설무린이 용케 피해낸 것이다.

'빨라졌어.'

움직임이 보다 빨라졌다. 그리고 펼치는 무공 하나하나가 예전에 비해 늘어난 기분이다.

설무린이 다시 한 번 빙백신장을 펼쳤다. 날아드는 얼음 기둥. 이번에는 북해 또한 손을 움직였다.

그가 펼친 장법은 빙백신장과는 다소 달랐다.

날카로운 하나의 침이 되어 빙백신장을 뚫어내면서 설무린의 어깻죽지를 노렸다.

타앙!

검으로 막아내는 설무린.

'역시 강해……. 제대로 싸웠다면 이미 난 졌어.'

검을 든 채로 설무린은 말없이 북해를 바라본다. 그 또한 방금 전 쉴 새 없이 펼치던 공세가 거짓이었던 것처럼 태연하다.

설무린은 자신의 검을 바라봤다.

방금 전 북해의 장법은 매서웠다. 서로 말을 하진 않지만 북해가 봐준 것이라는 걸 알고 있다. 만약 지금 그가 전력을 다해 그 장법을 펼쳤다면 설무린은 어깨를 다쳤을 게다.

그는 손속에 사정을 둔 것이다.

그래선 안 된다.

진심으로 북해를 무너뜨리고 싶다. 단 한 번, 단 한 번이라도 좋다. 이곳에서 그를 단 한 번이라도 이기고 싶은 것이다.

침묵을 깨고 날아든 것은 설무린. 그렇지만 그의 머릿속에는 많은 생각들이 오간다.

검을 휘두르고는 있지만 북해는 너무나 쉽게 막아내고 있다.

하지만 이미 예상했던 바다.

'…간다.'

애초부터 다른 것으로 그를 궁지에 몰아넣을 수 있을 거라고는 생각하지 않았다. 설무린이 아는 최고의 무공, 북해빙궁의 이대검공의 하나이자 다소 버림받은 검법.

설풍수라마검!

중과 쾌를 섞으며 검을 휘두르던 설무린의 검이 갑작스럽게 변화했다.

무거움, 빠름을 모두 버렸다.

오직 환, 변화에 모든 것을 걸었다.

'설풍수라마검을 펼치시려는 게군.'

북해 또한 설무린의 생각을 알아차렸다. 그렇지만 그 또한 설렁설렁 상대해 줄 생각은 없다.

설풍수라마검의 전 삼식은 북해에게 통하지 않는다.

설무린은 바로 수라환영의 초식부터 펼쳤다. 검이 사방으로 갈라지면서 북해를 노렸지만 노련하게 받아냈다. 오히려 그는 반격을 가해왔다.

설무린이 갑작스럽게 격보를 펼쳤다. 다가오던 검이 어느덧 코앞까지 다가왔다.

팡!

쳐냈다!

아슬아슬하기는 했지만 막힌 것이다. 바로 파고들려는 순간 설무린은 운보를 펼치면서 검을 움직였다. 공격을 할 기회를 놓쳐 버렸다.

'격보와 운보가 자연스러워. 과연……'

대단한 재능을 지닌 사내다. 이론으로는 쉽지만 그것을 실질적으로 응용하는 것은 무척이나 어렵다. 그것을 이 사내는 얼마 되지 않는 시간 동안 이처럼 높은 경지로 끌어올린 것이다.

몇 년만 더 격보와 운보에 매달린다면 설무린의 검은 정말 예측 불허라는 말로밖에 표현할 수 없게 될 게 분명하다.

하지만…….

'지금은 져 드릴 수 없지요.'

그것은 훗날의 일이다. 지금의 설무린에게 북해는 진다는 생각을 하지 않았다. 격보와 운보를 나름대로 펼치면서 뒤쫓는 설무린이었지만 북해의 뒤를 쫓는 것조차 고역이었다.

검을 휘두르는 것은 설무린이지만 분위기를 잡은 것은 북해다.

단지 피하는 것만으로 그를 점점 궁지로 몰아넣기 시작한 것이다. 급기야는 북해의 발이 정확하게 설무린의 옆구리를 걷어찼다.

물러서는 설무린의 가슴에 북해는 망설임없이 손을 움직였다.

펑!

설무린이 그대로 뒤로 밀려나다가 간신히 멈추어 섰다.

목구멍을 통해 피가 터져 나오려고 했지만 꾹 참았다. 지금 물러서면 이길 방도가 없다.

피하는 대신 정면 격돌이다.

날아드는 검을 향해 설무린도 몸을 움직였다.

쐐엑!

캉! 카앙!

시끄러운 쇳소리가 이제는 두 사내의 대화를 대신한다.

북해는 물러서지 않고 검을 휘두르는 설무린에게 점점 빠져들기 시작했다. 그리고 그건 설무린 또한 마찬가지였다.

북해와 설무린의 검이 마주 닿으면서 서로의 거리가 급격하게 좁혀졌다.

'그동안 감사했습니다, 북해.'

'아닙니다. 오히려 제가 신세를 졌지요.'

타앙!

서로를 밀어내면서 둘의 거리가 벌어졌다.

검을 든 채로 서로가 돌기 시작했다. 조금이라도 틈을 보이면 당장이라도 달려들게다.

'북해동에서 당신을 만난 것은 천운이었습니다. 덕분에 많

은 것을 배우고 나갑니다.’

 ‘소궁주님의 자질 덕분이지요. 제 도움 때문이 아닙니다.’

 굳이 입으로 말을 나누는 것이 아니다.

 검을 든 채로 서로를 마주 보는 것만으로 두 사내는 서로의 마음을 읽었다.

 설무린의 입가에 미소가 걸렸다.

 북해 또한 웃었다.

 무척이나 즐겁다. 이 싸움을 통해 두 사내는 여태까지 입으로 하지 못한 수많은 대화를 나누고 있다.

 설무린이 수라참극의 초식을 펼치면서 적당히 거리를 벌렸다.

 북해가 뒤로 물러서자 설무린이 다시금 기수식을 잡는다. 두 사내의 유쾌한 두 눈이 마주쳤다.

 ‘하지만… 이제는 끝내야 할 것 같습니다.’

 ‘져 드리지 않습니다.’

 설무린의 다리가 움직였다. 동시에 그의 손과 검 또한 움직였다.

 무변이야말로 진정한 변화이니. 수만 가지가 넘는 변회를 단 하나, 무변에 담는다.

 설풍수라마검 육초 수라군림(修羅君臨)!

 화려했던 검식이 갑자기 사라진다. 복잡했던 검로도 단순하게 변하는 듯하다.

하지만 아니다. 오히려 그 안에 내재된 수많은 변화는 이루 표현할 수 없을 정도로 많다.

눈에 보인다고 해서 그것이 전부가 아니다.

그것이 바로 수라.

어둠 속에서 이를 내미는 수라의 모습이 북해의 눈에 나타났다가 사라졌다. 날아드는 설무린의 검은 막아내기 난해했다.

'이거였군!'

설무린이 그에게 보여주려고 했던 것이 무엇인지 이제는 알 것 같다. 열흘 전까지만 해도 설무린의 수라군림은 막아내기 쉬운 초식이었다. 그러했던 것이 단지 열흘 만에 이렇게 변해 버렸다.

'위험하다!'

몸이 직감적으로 말하고 있다.

여태까지 설무린과 비무를 펼친 횟수가 얼마인지 정확하게 기억조차 나지 않는다. 스무 번이 넘어가면서부터 숫자를 센다는 것 자체가 의미가 없어져 버렸다.

그렇지만 그 많은 비무를 펼치면서 이렇게 위험하다는 생각이 든 것은 지금이 처음이다.

하지만 물러서고 싶지 않다.

설무린이 내뻗은 이 검에 북해 또한 몸을 맡기려 한다.

'정면 대결이다.'

답은 나왔다. 북해 또한 뒤가 아닌 앞으로 움직였다. 그의 몸이 하나의 날카로운 창(槍)이 되어 쏘아졌다.

수라군림의 초식이 북해를 뒤덮는다.

폭풍처럼 쏟아지는 검세 틈에서 북해의 몸이 유령처럼 흐려진다. 그의 손에 들린 검도 요동치기 시작했다.

살아서 검이 움직인다.

수라군림의 초식 안에서 하나의 생명이 꿈틀거리는 듯하다.

콰드득!

일그러지는 소리와 함께 설무린의 검이 연신 북해를 후려친다. 정확하게 검이 가슴을 파고드는 순간 북해의 발이 기기묘묘하게 움직이며 공격을 피해냈다.

완벽하게 피했다고 생각했는데…….

스륵.

소매가 잘려져 나갔다. 하지만 놀랄 틈도 없다. 북해 또한 자신의 검을 움직였다.

묵직한 힘이 쏟아진다.

콰앙!

두 개의 검이 부딪쳤다. 순간 설무린의 몸이 뒤로 가볍게 빠진다.

'수라군림에 운보!'

격보와 운보는 수라군림이라는 초식 때문에 만들어낸 것

이다. 다른 초식에서도 위력을 발휘하지만 무엇보다 격보와 운보의 위력을 극대화시킬 수 있는 건 수라군림이다.

놀라면서도 북해는 검을 멈추지 않았다.

그의 검이 갑자기 설무린의 시야에서 사라졌다.

'보이지 않아…….'

사악!

직감적으로 다시 한 번 운보를 펼치기가 무섭게 검이 눈앞을 스치고 지나갔다. 보이지 않는 검……. 귀검(鬼劍)이다.

운보를 펼쳐 물러섰던 설무린이 이번에는 격보를 펼쳤다.

앞으로 나아가는 목숨을 건 일보. 동시에 그는 수라군림의 초식을 펼쳤다.

주변의 모든 것이 얼어붙을 것 같은 한기가 한 점으로 집중됐다.

차르르륵!

사방에 있는 것들이 모두 얼어붙은 것마냥 멈추어 버린다. 설무린의 검이 빠르게 움직인다.

'이 순간만큼은… 내가 왕이다!'

한곳을 노리고 설무린의 검이 날아든다.

탁.

설무린의 검이 북해의 어깨에 닿는 순간 멈추었다.

성공인가, 아니면…….

한데…….

“꿀꺽.”

설무린은 침을 꿀꺽 삼켰다. 보이지 않던 북해의 검이 천천히 모습을 드러낸다. 목젖에 차가운 한기가 감돈다고 생각했거늘 이미 설무린의 목에 북해의 검이 닿아 있다.

어깨는 벨 수 있었을지 모르겠지만 목이 나갔다. 아니, 어쩌면 채 베기도 전에 목이 먼저 달아났을지도 모른다.

북해가 검을 거두었다.

북해는 검강을 자유자재로 구사하는 고수다. 그런데도 불구하고 그는 내력의 우위가 아닌 검으로 설무린을 상대했다. 그것은 또한 설무린이 원하는 바이기도 했을 게다.

설무린은 자신의 검을 내려뜨리며 쓸쓸한 표정을 지었다.

이길 수 있을 거라고 생각은 안 했지만 역시나 아쉬움이 솟구친다.

그렇지만 이내 그는 평소의 속내를 알 수 없는 표정을 지어 보이며 웃음을 흘렸다.

“후후! 이거야 원…… . 끝까지 부끄러운 모습만 보이는군요.”

“역시 떠나시려는 겁니까?”

끝이라는 말에 북해는 자신의 생각이 틀리지 않았음을 확신했다. 설무린이 아무런 말도 하지 않았음에도 이미 그는 직감적으로 그러한 사실을 알아차렸다.

검을 맞대면 굳이 입을 열지 않아도 많은 대화를 할 수 있다.

물론 그러한 상대를 만난다는 것은 쉽지 않다. 어떤 이는 평생을 가도 그런 자를 만나지 못한다.

무인의 인생에서 검을 맞대면서 이러한 대화를 나눌 수 있는 상대를 만난 것은 행운이다.

그것은 설무린에게나 북해에게나 마찬가지였다.

"역시라……. 용케도 알아차리셨군요, 아무런 말도 하지 않았는데."

"소궁주님의 검이 말해주었습니다."

"저도 북해의 검이 말을 걸더군요. 냉큼 북해동에서 꺼지지 않으면 혼쭐을 내겠답니다."

"허허, 제 검이 말입니까?"

"그럼 제가 거짓말이라도 하는 것 같습니까?"

설무린이 오히려 되묻자 북해는 너털웃음을 흘렸다. 검이 말을 했다는데 거기다가 무슨 말을 하랴.

검의 목소리는 귀로 들리는 것이 아니다. 그리고 아무 때나 들리는 것은 더더욱 아니다.

"소궁주님."

"왜 그러십니까?"

북해가 그를 지그시 바라본다. 그의 눈빛을 설무린 또한 피하지 않고 담담하게 받았다.

만난 지 일 년도 채 되지 않았다. 그렇지만 북해가 설무린에게서 느끼는 정은 마치 혈육의 것과 흡사했다.

단순히 일전에 딸을 구해줘서만은 아니다. 설군표의 아들이라서만도 아니다.

설무린이라는 사내는 알면 알수록 매력이 넘치는 사내다. 속내를 알 수 없기는 하지만 그러했기에 더 매력적인 듯싶다.

그를 보면 언제나 무슨 생각을 하는 건가 하는 의문이 들지 않았던가. 그리고 아직까지도 진정한 설무린의 속내는 모르겠다.

설무린을 바라보던 북해가 입을 열었다.

"그거 아십니까? 소궁주님은 괴상한 사람입니다."

"어딜 봐서 제가 괴상하다는 겁니까?"

모르겠다는 듯이 물어오는 설무린. 그렇지만 입꼬리가 슬쩍 올라간 것이 밉살스러워야 할 텐데 왠지 모르게 정감이 간다.

그렇지만…….

"글쎄요……."

북해 또한 딱히 대답해 줄 생각은 없다. 그도 싱글 웃으면서 대답을 피했다.

설무린이 무슨 말을 하기도 전에 북해가 밀을 돌렸다.

"아! 그리고 오늘이 아니라 내일 떠나시면 안 되겠습니까?"

"무슨 일이라도 있는 겁니까?"

"가신다는데 집에 있는 술이라도 풀어서 부락 사람들하고 잔치나 한번 할까 하는데… 괜찮으시다면 준비하겠습니다."

"그러다간 북해가 몰래 숨겨두었던 술을 전부 쓰셔야 할 겁니다?"

장난스럽게 설무린이 북해에게 말했다. 그는 입맛을 다시면서 어쩔 수 없다는 투로 대답했다.

"소궁주님이 약속을 잊지만 않으셨다면야 뭐가 문제겠습니까."

북해가 말하는 약속이 무엇인지 설무린은 안다. 일전에 북해동에서 나가게 되면 수레에다가 술을 실어서 보내주겠다고 한 그 약속을 말하는 거다.

설무린은 떨떠름한 표정을 지으면서 중얼거렸다.

"이거 뭔가 덜미를 잡힌 기분인데……."

말은 그리 했지만 북해의 속내를 설무린이 모를 리가 없다. 정말로 자신이 술을 보내줄 거라 생각하고 있는 것을 모두 마시려는 게 아니다.

다시는 보지 못할지도 모르는 자신과 술이 한잔하고 싶은 게다. 그리고 그것은 설무린 또한 북해와 다르지 않았다.

"내일 찾아뵙지요."

"그럼 전 먼저 가서 준비를 해두겠습니다."

말을 마친 북해가 설무린과 가볍게 인사를 나누고 자신의 부락을 향해 돌아가기 시작했다.

헤어진 지 반 각가량이 지났을 때 북해는 자신의 어깨에 손을 얹었다.

묵직했던 느낌이 아직도 가시지 않는다.

상당히 오랜만이다. 누군가의 검이 자신에 몸에 닿은 것은 말이다.

솔직히 말해 처음 설무린을 봤을 때에는 이러한 날이 올 거라고는 상상도 못했다.

'괴상하지요. 괴상하고말고요. 소궁주님이 괴상하지 않다면 세상 그 누가 그런 말을 듣겠습니까.'

일 년도 안 되는 시간에 설풍수라마검을 익혔다. 거기에 운보와 격보라는 난해한 보법까지 곁들어 버렸다.

설군표도 북해 자신도 포기했던 것을 너무나 수월하게 해낸 것이다.

그러니…….

'괴상하다고 말하는 겁니다.'

북해의 입가에 미소가 걸렸다.

第十章

회자정리(會者定離)

우린 다시 만난다

설무린은 짐을 정리했다.

딱히 가지고 들어온 것도 없었기에 정리라고 할 것도 없지만 그래도 손끝에는 왠지 모를 아쉬움이 남는다.

단지 십 개월이었을 뿐이다. 그런데 그 십 개월 동안 설무린은 많은 것을 배웠다. 그의 인생에서 아마 사장 도움이 되었던 시간을 꼽으라면 주저없이 이곳에서 보낸 십 개월이라고 말할 것이다.

재미있는 인연도 있었고, 북해빙궁 이대검공 중 하나인 설풍수라마검은 완성했다. 거기에 격보와 운보…… 생각지도 못한 많은 것을 얻었다.

그의 시선이 자연스럽게 북해동에 들어와 만들었던 훈련
장으로 향했다.

백사의 껍데기를 이용해 밧줄마냥 사용했던 훈련장이다.
빙석 덕분에 비무를 할 상대가 없었음에도 불구하고 꽤나 실
전에 가까운 훈련을 할 수 있었던 듯하다.

설무린이 말없이 훈련장 중앙으로 들어섰다.

아직도 매달려 있는 빙석들이 허공에 뜬 채로 설무린에게
무엇인가 말이라도 걸어오는 듯하다.

스르릉.

설무린이 검을 뽑아 들었다.

할 말은 많지만 역시 이걸로 말해주는 것밖에 생각이 나지
않는다.

허공에 떠 있던 빙석들이 뒤로 밀려나는 듯싶더니 다시금
쏜살같이 날아든다.

동시에 설무린의 검이 움직였다.

수라군림의 초식이 터져 나왔다. 변화가 모두 사라진다고
생각하는 순간,

파파팡!

빙석들이 터져 나간다.

퍼억!

커다란 빙석들이 사방으로 깨져서 날아가더니 주변에 있
는 것들에게 틀어박혔다. 그토록 단단한 빙석이 단 일격에 완

벽하게 박살이 나버린 것이다.

검을 찬 설무린이 시선을 돌려 어딘가를 응시하며 중얼거렸다.

"슬슬… 가야겠는데……."

설족이 모두 마을 중앙 광장에 모였다.

백여 명에 달하는 인원 모두가 이곳에 자리했다. 꽤나 분주하게 움직이고 있지만 사람들의 얼굴에는 생기가 넘친다.

이러한 자리가 있었던 것이 언제던가.

잔치다. 갑작스럽기는 하지만 잔치가 벌어지는 것이다.

바쁘게 움직이는 북해를 보면서 나이 지긋한 노인 하나가 혀를 쯧쯧거리며 내심 불만스러운 말을 내뱉었다.

"에이, 고얀 놈! 술을 이렇게나 많이 숨겨놨단 말이야?"

"하하! 한번만 용서해 주시지요, 어르신."

북해가 웃으면서 노인의 말을 받았다. 고개를 절레절레 흔들고는 있지만 그 노인 또한 싫은 표정은 아니다. 그저 장난스러운 불만일 뿐이다.

시끌벅적한 마을은 살아 있다는 느낌이 늘게한다. 그러한 것이 노인은 마음에 들었다.

"거참, 이렇게 시끄러운 적도 없었는데 말이야."

노인은 팔십 줄에 들어섰다. 그 긴 인생을 살아오면서 이처럼 활기에 찬 마을의 모습은 본 적이 없다.

광장에는 이런저런 음식들이 모이고 있고, 탁자마다 적지만 몇 병씩 술이 올라가 있다.

이게 사람이 사는 것이 아니고 무엇이겠는가.

시끄럽게 떠드는 아이들과 음식을 장만하는 여인네들…….

입가에 절로 미소가 걸린다.

어제저녁 갑작스럽게 북해는 마을 사람들을 모아서 잔치를 벌이자는 제안을 했다. 처음엔 어리둥절해하던 사람들도 설무린의 이야기가 나오자 이해해 주었다.

거기다가 북해가 숨겨둔 술 이야기도 하니…….

설무린에게 한 번쯤 대접을 하고 싶다고 하던 설족의 사람들이다. 마침 그가 가기 전에 이렇게나마 자리를 마련할 수 있다는 건 불행 중 다행이다.

"오십니다!"

급하게 움직이던 북해는 젊은 사내의 외침에 고개를 돌려 부락의 입구를 바라봤다.

언제나처럼 자신감 넘쳐 보이는 미소를 입에 걸고 있는 사내가 모습을 드러냈다. 그는 너무나 태연스럽게 마을로 걸어들어와 사람들이 모여 있는 광장으로 향했다.

마을에 들어선 설무린은 북해를 발견하고는 그쪽으로 다가왔다. 주변에 있던 사람들이 양쪽으로 갈라지면서 고개를 숙인다.

북해빙궁의 작은 주인에 대한 예의다.

"소궁주님을 뵙습니다."

북해 또한 고개를 숙인다. 설무린은 그의 인사를 가볍게 받으면서 주변을 두리번거렸다. 한눈에 봐도 설족의 모든 사람들이 모였음을 알 수 있었다.

설무린은 말을 돌렸다.

"구수한 냄새가 마을 바깥까지 진동하는군요."

"별로 차린 것은 없습니다."

설족의 사람들이 크게 신경을 써서 준비한 것들이라지만 북해빙궁 소궁주에게는 솔직히 초라한 음식이다.

그런 것을 가지고 딴에는 제법 손재주를 부려봤지만 소궁주에게 맞을 리 없다.

사람들이 고개를 숙인 채로 쭈뼛거리며 그의 눈치를 본다.

설무린은 그런 설족 사람들의 생각을 알았는지 아무런 말 없이 걸어가 탁자 중 하나에 앉는다.

그가 의자에 앉은 채로 말했다.

"저 말고 다른 누구 기다리는 사람 있습니까? 없으시면 다들 자리에 앉으시지요."

초대는 했지만 북해빙궁의 소궁주가 자리를 함께한다는 것이 쉽지 않은지 그들은 서로 눈치만 봤다. 그때 북해가 성큼 설무린의 앞으로 다가가 자리에 앉았다.

북해와 눈이 마주친 설무린이 픽하고 웃었다.

그가 그렇게 행동하자 눈치를 보던 사람들도 모두 하나둘 자리에 앉기 시작했다.

사람들이 자리에 모두 앉자 북해가 설무린에게 술을 따랐다. 잔을 받은 그 또한 북해에게 마찬가지로 술을 넘칠 듯이 따라주었다.

"이 정도의 술을 푼 걸 보면… 이제는 정말 남은 게 없겠군요."

"소궁주님이 책임지셔야 합니다. 하하!"

웃으면서 둘이 동시에 술을 들이켰다. 그것이 신호가 되어 눈치를 보던 다른 자들도 스스로의 잔에 술을 따르기 시작했다.

나이를 제법 먹었음에도 불구하고 생전 처음 술맛을 보는 자들이 부지기수다.

조용한 분위기를 참지 못하겠는지 설무린이 자리에서 벌떡 일어났다. 그는 잔을 들었다. 사람들이 시선이 설무린에게로 몰린다.

"자자, 초상집 온 것도 아니고, 다들 즐깁시다!"

외침과 함께 설무린이 다시금 술을 입에 가져갔다. 눈치를 보던 사람들도 급하게 술을 마셨다.

설무린이 씩 웃으면서 말했다.

"초대해 주셔서 감사합니다."

그 한마디에 다소 뻣뻣했던 설족들의 표정이 확하니 풀어졌다. 진심 어린 말과 의례적으로 하는 말을 분간하지 못하는 멍청이가 아니다. 가슴에서 우러나오는 말이라는 걸 알기에 사람들의 마음은 이처럼 쉽게 풀어질 수 있는 것이다.

"자자, 마시자고!"

구석에서 누군가가 소리치자 참아왔던 목소리들이 사방에서 터져 나온다.

술잔이 사방에서 오가며 장터를 연상케 할 정도로 시끌벅적하게 변하기 시작했다. 설무린은 유쾌한 표정을 지은 채로 자신의 잔에 술을 따랐다.

다시 한 번 잔을 비우는 순간 앞에 있던 북해가 술병을 들어 그를 향해 내민다.

둘의 눈이 마주쳤다.

"마지막으로 한잔 올리겠습니다."

"술은 받겠지만 마지막은 아닙니다."

"허허."

확신 어리게 대꾸하는 설무린의 말에 북해는 아무런 말도 하지 못했다. 정말로 그는 그리 생각하는 것일까?

회자정리(會者定離)라 했다.

만나면 반드시 헤어지기 마련이다. 하지만…….

설무린은 목젖이 꿈틀거릴 정도로 술을 들이켰다. 술을 입 안으로 쏟아버린 그가 소매로 입을 닦아내면서 말했다.

"아직 난 당신을 이기지 못했습니다. 다음에 만날 그때는… 난 북해보다 강해져 있을 겁니다.”

“그러셔야지요. 소인도 그날을 기다리겠습니다.”

북해는 자신을 바라보는 설무린의 눈을 피하지 않고 대답했다. 나이 차가 상당하지만 둘은 검으로 마음을 나눈 무인이다. 입을 열지 않아도 마음 정도는 알 수 있다.

말을 하지는 않지만 서로가 이별을 아쉬워하고 있었다.

그때 설무린은 무엇인가 생각난 것이 있는지 주변을 둘러보다가 말했다.

“북설은?”

“그림자무사가 될 자격이 있다고 생각하기 전까지는 소궁주님 앞에 나서지 않을 생각이랍니다.”

“지독한 고집쟁이인가 봅니다.”

“누굴 닮았는지 원…….”

“자식이 누굴 닮겠습니까.”

북해를 바라보며 설무린이 의미심장한 미소를 짓는다. 그러자 그는 급하게 손사래를 치면서 설무린의 생각을 부정했다.

“생사람 잡는 소리십니다.”

“큭큭큭.”

그저 웃기만 했지만 북해는 어쩔 수 없다는 표정을 지어 보였다. 그의 말대로 북설의 고집은 북해를 빼닮았다. 한 번 정하면 결코 마음을 바꾸지 않는 그 독기에 가까운 고집…….

설무린은 술잔을 내려놓은 채로 주변에 있는 사람들의 모습을 살폈다.

이들과 딱히 연이 있는 것은 아니다.

말 한 마디 나눠보지 못한 자들이 태반이다. 하지만 이러한 자리 하나를 마련하기 위해 모든 정성을 다했다는 것은 안다. 그것만으로도 이 설족이라는 사람들이 어떠한 자들인지 알 수 있다.

기분 좋은 자리.

하지만 이제는 슬슬 가야 한다.

설무린은 의자를 밀면서 자리에서 일어났다. 그는 북해를 바라보면서 인사를 건넸다.

"몸 건강히."

"소궁주님도."

긴 말은 필요하지 않다. 둘의 대화는 거기서 끝났다.

설무린은 사람들 틈 속에서 슬며시 사라졌다.

둘은 그렇게 헤어졌다.

폭포를 앞에 두고 한 여인이 서 있나.

흑단같이 긴 머리카락은 그녀의 하얀 피부와 너무나도 잘 어울렸다. 더군다니 길게 뻗은 다리와 팔은 아름다운 그녀를 더욱 돋보이게 만들었다.

백색의 옷을 입고 있는 여인은 천상의 선녀가 강림이라도 한 것 같은 착각을 불러일으킬 정도였다.

스르룽.

허리춤에 차여 있는 검을 뽑아내는 여인의 모습은 주변의 광경과 하나가 되어 있다. 너무나 자연스러운 모습.

검을 뽑아 든 여인이 그것을 높게 치켜든다.

벼락처럼 떨어져 내린 검이 허공을 가른다. 그 순간 거칠게 흘러내리던 폭포에 놀라운 일이 벌어졌다.

파아악!

떨어져 내리던 물이 반으로 갈라졌다.

그 상태로 숨을 몇 번 쉬는 동안 폭포수는 반으로 갈라진 상태 그대로 쏟아져 내렸다. 잠시의 시간이 흐르자 폭포는 제 상태를 되찾았다.

기겁할 정도로 놀라운 무위. 그렇지만 정작 그러한 일을 해 낸 여인의 표정은 담담해 보였다.

말없이 폭포를 응시하던 여인이 검을 찼다.

그녀는 시선을 내려 자신의 손바닥을 바라봤다. 검을 놓지 않은 탓에 손에 굳은살이 가득하다. 그렇지만 여인은 이 손이 마음에 들었다.

오 년. 오 년을 죽어라 검을 휘둘렀다.

그리고 이제는 때가 됐다고 생각한 것이다.

'가자, 그림자무사가 되러.'

여인의 손목에서 금색의 팔찌 하나가 모습을 드러냈다가

사라졌다.

마차 안에는 두 여인이 타고 있다. 한 명은 아직 채 소녀 티를 벗지 못한 반면 다른 여인은 말로 표현하기 힘든 아름다움을 지녔다.

북해빙궁 궁주의 딸인 설수진이 바로 그녀였다. 그녀는 시비를 동반한 채로 마차를 타고 북해빙궁으로 돌아가는 길이었다.

시비는 뭐가 그리도 신나는지 입을 놀리기에 바빴다.

"아가씨, 이 꽃 좀 봐요!"

"그 꽃이 그리도 좋으냐?"

"물론이지요!"

흰색의 꽃을 든 시비가 환하게 웃었다.

빙설화(氷雪花)라고 불리는 이 꽃은 북해에만 피는 특별한 꽃이다. 하얀 잎은 북해의 눈을 연상케 한다. 쉽사리 구할 수 있는 꽃이 아닌데 오늘은 운이 좋았는지 돌아오는 길에 빙설화를 발견한 것이다.

꽃을 꺾은 시비는 뭐가 그리도 좋은지 입가에 연신 미소가 달렸다.

설수진은 웃고 있는 시비를 바라보며 정겨운 표정을 지었다. 한동안 빙설화를 만지작거리던 시비는 무엇인가 생각났는지 물었다.

"아가씨, 그런데 옆 마차에는 누가 타고 있는 건가요?"

"글쎄……."

설수진이 웃으면서 대답을 회피한다. 시비는 심통이 났는지 입 안에 잔뜩 바람을 불어넣은 채로 툴툴거렸다.

"모르는 척하시기는. 아가씨가 모르면 누가 알아요?"

"정말 모른다니까."

시치미를 뚝 떼니 시비는 어쩔 수 없다는 듯이 더는 아무것도 묻지 않았다. 설수진은 여전히 웃고는 있지만 머릿속이 내심 복잡했다.

최근 북해빙궁의 분위기가 좋지 않다. 알 수 없는 살인도 벌어지고 공공연한 다툼도 자주 일어난다.

그 때문에 빙궁 바깥으로 나가는 일도 함부로 할 수가 없다. 오늘도 부득이한 이유로 궁을 나선 것이다.

궁을 나서서 반 시진밖에 걸리지 않는 곳임에도 불구하고 이십에 달하는 무사가 마차를 지키고 있다. 거기다가 어느 마차에 그녀가 있는지 정확하게 알지 못하게 하기 위해 가짜 마차도 만들어놓은 것이다.

창 바깥의 풍경을 보고 싶지만 창문은 가려진 상태다. 혹여 얼굴이 드러나서는 안 되기 때문이다.

'아버지랑 오라버니는 뭔가를 아는 듯한데…….'

둘 모두 속내를 알 수 없는 사람들이니 겉으로 아무런 표현도 하지 않는다. 그저 이상하다는 것만 느낄 뿐.

아무런 일도 아니기를 빌 수밖에 지금 설수진이 할 수 있는 일은 아무것도 없다.

그런 그녀의 걱정 때문인지 마차는 아무런 방해도 없이 달렸다. 이대로 간다면 일각 후면 빙궁 안으로 들어설 수 있을 게다.

마차를 둘러싼 무인들을 이끄는 임취봉(任翠鳳)의 긴장도 서서히 풀어지기 시작했다. 애초에 빙궁의 주변에서 그러한 암습이 일어난다는 것이 우습다.

궁주가 시켜서 하는 일이기는 하지만 내심 그런 일이 일어날 거라고는 생각하지도 않는 것이다.

그때 날카로운 하나의 빛이 날아들었다.

퍽!

"컥!"

거친 숨소리에 잠시 정신을 풀었던 임취봉의 두 눈에 힘이 들어갔다. 말을 타고 달리던 수하 하나가 그대로 뒤로 무너져 내린다.

'비수! 기습이닷!'

그대로 임취봉이 손을 들어올리자 마차를 둘러싸고 있던 자들이 진형을 갖추기 시작했다. 달리던 마차도 멈추어 섰다.

다시금 비수 한 자루가 날아들자 임취봉이 움직였다.

화려하게 휘둘려진 검이 날아드는 비수를 쳐냈다. 어렵지 않게 비수를 밀어내는 순간 전방과 후방에서 순식간에 정체불명의 괴한들이 모습을 드러냈다.

백색의 두건으로 얼굴들을 가린 자들은 살기등등한 자세로 점점 거리를 좁히기 시작했다. 그 숫자는 대략 이쪽과 비슷한 스무 명 정도.

갑작스럽게 나타난 적들을 향해 임취봉이 호탕하게 소리쳤다.

"당장 물러서지 못할까! 소궁녀님의 마차다!"

애초에 이 마차를 노린 자들이라는 생각은 들었지만 혹시나 해서 외쳤다. 하지만 예상대로 그들은 전혀 물러설 생각을 보이지 않았다.

마차에 누가 있는지 알고 기습을 했다는 소리다.

백색의 두건을 한 자 중 하나가 낮게 깔린 목소리로 말했다.

"귀혼각(鬼魂閣) 각주 임취봉. 넌 오늘 죽는다."

"날 알면서도 죽인다? 어디, 그럴 능력들이 되는지 한번 봐야겠구나."

"마차를 놓고 물러선다면 목숨은 살려주지."

"개소리!"

"그럴 줄 알았다. 쳐랏!"

백색 두건을 한 자들의 몸이 빨라졌다. 단숨에 귀혼각의 인물들을 베고 마차를 점령할 기세다.

괴한들이 움직이자마자 임취봉도 명령을 내렸다.

"귀혼살마진(鬼魂殺魔陣)!"

그의 명령대로 능수능란하게 자리를 잡으면서 귀혼살마진이 발동했다. 가장 중요한 것은 중앙에 위치해 있는 두 대의 마차다. 그리고 그 두 곳 중 하나에 설수진이 있다.

귀혼살마진이 펼쳐지는 것을 보고 백의의 괴한이 웃음을 흘렸다.

"귀혼살마진……. 약점이 있는 진법은 이미 깨진 것과 다름없지."

그가 손을 들어올리는 순간 사방에서 강궁(强弓)과 폭약이 터져 나오기 시작했다. 진법의 한쪽이 순식간에 무너져 내렸다.

"이놈들이!"

임취봉의 두 눈에서 혈광이 흘러나왔다. 순식간에 귀혼각 무인 다섯 명이 강궁과 폭약에 의해 쓰러져 버렸다. 귀혼살마진이 채 펼쳐지기도 전에 벌어진 일이다.

그 말은 곧…….

'저자들은 귀혼살마진을 알고 있어. 내부에 접자가 있다는 말이로군.'

한 부분이 무너지자 귀혼살마진은 애초의 위력을 잃어버렸다. 굳이 진을 유지하려고 하다가는 더 큰 피해를 감수해야 한다.

임취봉은 빠르게 진을 해제하면서 마차를 호위하게끔 했다.

“치밀하게 준비를 했군.”

“크크, 말하지 않았느냐, 너희는 죽는다고.”

아까부터 유일하게 말을 하는 자. 이자가 분명 괴한들의 우두머리일 게다. 임취봉의 눈이 그자에게로 박혔다.

‘진법이 깨진 이상 정면 격돌뿐이다.’

아직 검을 맞대기도 전이다. 승산이 누구에게 있을지는 모른다. 하지만 적은 분명히 이쪽의 전력을 알고 있다. 그 말은 곧 이들이 귀혼각의 무인들보다 강하다는 소리다.

바보가 아니고서야 귀혼각 무인들보다 약한 자들을 보냈을 리가 없다.

거리가 점점 좁혀지기 시작한다. 싸우려면 지금 움직여야 한다. 더 거리가 좁혀지면 불리해지는 것은 이쪽이다.

상대들은 알 수 없는 자들. 이쪽은 너무나 노출되어 있다.

다가오는 자들을 노려보던 임취봉이 다급하게 고개를 돌렸다. 그의 시선이 마차로 향했다.

“마차! 마차를 지켜!”

그 순간,

콰드득!

땅속에서 여섯 개의 검이 솟구쳐 오르더니 마차 하나를 사방에서 관통했다.

너무나 부지불식간에 일어난 일이라 채 방비도 하지 못했다.

괴한의 우두머리가 낮은 목소리로 말했다.

"소궁녀는 산 채로 데려가야 하지만… 다른 마차에 탄 놈은 필요없거든."

놈들은 설수진이 타고 있는 마차도 알고 있었던 모양이다. 그랬기에 다른 마차에 검을 쑤셔 박은 것이고.

"뭔가 꺼림칙해서 말이야. 일령! 누가 들었는지 확인해라!"

땅속에서 그림자처럼 한 명의 모습이 솟구쳤다. 귀혼각 무인들의 정 중앙에서 갑자기 모습을 나타낸 것이다. 막 무인들이 움직이려는 순간 그들이 멈칫했다.

임취봉이 손을 들어올린 탓이다.

진열을 흐트러뜨리지 말라는 수신호다. 믿을 수 없는 명령이었지만 내려진 이상 목숨을 걸고 따른다. 그것이 지금 할 수 있는 최선의 선택이다.

일령이라고 불린 자가 막 마차에 문에 손을 가져다 댔을 때다.

퍽!

갑작스럽게 마차의 문을 뚫고 나온 검이 일령의 심상을 꿰뚫었다.

비명도 지르지 못했다.

즉사!

괴한의 우두머리가 당황했는지 급히 외쳤다.

"마차를 박살 내버렷!"

땅속에 귀신처럼 몸을 감추고 있던 자들이 갑작스럽게 나타났다. 방금 전까지 누가 있다는 것을 알지도 못할 정도로 은밀했다.

귀혼각의 인물 중에서 임취봉만이 알아차릴 수 있을 정도다. 물론 무공으로 치자면 떨어질지 모르겠지만 은신술만큼은 쉽게 알아차릴 수 없는 고수들이다.

그들이 검을 휘두르려는 순간 마차의 윗 부분이 싹둑 잘려나갔다. 동시에 마차 안에서 누군가가 허공으로 날아올랐다.

허공을 훨훨 날아올랐다가 내려선 것은 사내였다. 옅은 하늘색의 옷을 걸쳐 입은 젊은 무인의 검이 빠르게 움직였다.

퍽퍽!

단숨에 앞에 서 있던 무인 하나의 가슴이 뚫렸다. 그리고 쉴 틈도 없이 검이 움직인다.

막기 위해 검을 들어올렸는데 단순하게 뻗어져 오던 검이 갑자기 변화했다. 너무나 단순해 보이는데 막을 수가 없다.

또 한 명의 목이 날아갔다. 다른 자들은 급히 뒤로 물러서려고 했지만 도망갈 곳이 없다. 마차의 아래에서 나타났다는 소리는 이미 주변이 적으로 둘러싸였다는 소리다.

검을 휘두르던 사내가 그제야 멈추어 서서 고개를 돌린다.

입가에 달린 조소, 아름답지만 왠지 모를 위압감이 느껴지는 사내. 그 누구도 섣불리 움직이지 못했다.

임취봉은 검을 들어올렸다. 마차 안에 대단한 인물이 타고 있다는 말은 들었지만 누구인지는 몰랐다. 설군표가 혹시나 해서 마차 안에 고수 한 명을 넣어두었다고 했다.

지금에야 알았다.

사내의 정체를 아는 순간 자신감이 돌아온다. 저 사내와 함께라면 싸워볼 만하다. 아니, 오히려 승산은 이쪽으로 기울었다.

북해빙궁에서 가장 위험한 사내…….

임취봉이 당황해하는 괴한의 우두머리를 보며 불쌍하다는 듯 혀를 차며 말했다.

"쯧쯧, 오늘 네놈이 잘못 걸린 것 같다, 북해빙궁에서 가장 상대해선 안 될 분에게 걸렸으니."

마침 갑자기 나타난 사내를 보면서 누군가를 생각해 낸 괴한이 떨떠름한 목소리로 입을 열었다.

"북해소궁주… 설무린."

최악의 상황이 벌어졌다.

『빙마전설』 2권에서 계속…

청어람 판타지의 재도약!!

혁신과 참신함으로 무장한
새로운 판타지 전문 브랜드의 탄생!

판타지계의 커다란 근간을 이뤄온 청어람 판타지 소설!
새로운 브랜드 「알바트로스」라는 커다란 날개를 달고
거대한 웅비를 시작합니다.

알바트로스는 판타지의, 판타지를 위한 개척자이자 도전자로 존재하겠습니다.

알바트로스는 형식적이고 나태해진 판타지계의 구습을 벗어나겠습니다.

알바트로스는 판타지계의 도약을 위한 든든한 날개 역할을 묵묵히 수행합니다.

알바트로스는 변화와 혁신을 통해 새롭게 태어날 환상 공간입니다.

알바트로스는 판타지를 아끼고 사랑하는 이들을 향한 청어람의 굳은 약속입니다.

초등학생이 반드시 읽어야 할 좋은 책 49권

각 학년별로 초등학생이 반드시 읽어야할 좋은 책을 선정하여 통합논술의 기본이 되는 '올바른 독서법'을 일깨워 줍니다.

교과서와 함께하는 초등학교 통합논술

초등1학년 | 값 12,000원 / 초등2학년 | 값 9,500원 / 초등3학년 | 값 11,000원 / 초등4학년 | 값 9,500원 / 초등5학년 | 값 9,500원 / 초등6학년 | 값 11,000원

♣ 혼자 할 수 있어요.

엄마가 책 읽는 방법을 가르쳐 주어도 좋아요.
독서지도하는 선생님이 가르쳐 주어도 좋답니다.
"초등 교과서와 함께하는 **통합논술 시리즈**"는
아이 스스로 독서할 수 있도록 꾸며진 책이에요.
엄마와 선생님은 요령만 가르쳐 주시면 된답니다.

♣ 교과서의 중요한 내용이 총정리되어 있어요.

각 학년별로 중요한 교과 내용이 함께 수록되어 있어요.
초등학생은 교과서 내용을 충실하게 공부해야 합니다.
아울러 그와 병행한 독서가 대단히 중요하지요.
"초등 교과서와 함께하는 **통합논술 시리즈**"는
두 가지 방법 모두 알려준답니다.

♣ 이 책은 훌륭하신 선생님들이 함께 쓰신 책이랍니다.

동화작가 선생님들이 쓰셨어요. 소설가 선생님도 쓰셨답니다.
국어 논술독서지도 선생님들도 함께 쓰셨지요.
"초등 교과서와 함께하는 **통합논술 시리즈**"는
엄마의 마음으로 모든 선생님들이 함께 꾸민 책이랍니다.

잘나가고 싶은 사람은 읽어라!

그에게 한눈에 반했다! 그것은 분위기 탓?
애인과 나란히 걸어갈 때 당신은 좌, 우 어느 쪽에 서는가?
이성은 왜 서로 끌리는 걸까? 그 심층 심리를 해명한다!

30초의 심리학

■ **30초의 심리학**
아사노 하치로우 지음 / 계일 옮김 | 값 8,500원

처음 본 사람인데 와 닿는 느낌이
너무나도 강렬한 사람이 있다.
흔히 하는 말로 '필이 꽂힌 사람',
그래서 잊혀지지 않는 사람,
한눈에 반했다고 하는 것이 바로 그것이다.
이런 인간의 감정을 논하는 데
남녀의 구분이 있을 수 없다.
사랑하는 그, 혹은 그녀를
생각하는 것만으로도 가슴이 두근거린다.
이상할 것 없다. 당연히 그럴 수 있는 것이다.
그렇기에 인간을 감정의 동물이라 하지 않는가.
그러나 그렇게 좋아하는 그 사람이
어느 날 갑자기 싫어지는 경우는 왜일까?

Psychology